해 질 녘
물고기는
왜
튀는가

김홍석

해 질 녘
물고기는
왜
튀는가

생각나눔

이 에세이는 2019년 7월 출간한 『붓 가는 대로 쓴 물고기 이야기』의 개정판이다. 몇몇 독자들이 새로 정리해 개정판을 냈으면 하는 요구에 발맞춰, 시대의 흐름에 따라 첨삭하며 깁고 고쳐 새로 선보인다.

목차

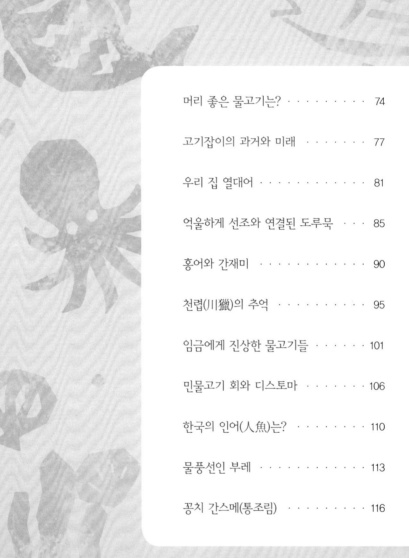

해 질 녘
물고기는 왜 튀는가?

해가 서쪽으로 뉘엿뉘엿 저물고 황혼이 드리울 때면 어둑어둑한 냇가에도 살포시 어둠이 내려앉는다. 하루가 다 가는 모습은 황량하고 을씨년스럽다. 들판의 초목들도 몸을 한 줌씩 낮추고, 날아가는 철새들도 쉴 곳을 찾아 헤맨다. 그때 그 고요한 때, 아주 신바람이 나고 역동적인 곳이 있다. 바로 냇물 수면 위를 보라. 용솟음치는 민물고기들의 몸짓들이 마지막 남은 해의 여명 빛을 받아 반짝반짝 빛을 내며 심란한 그 모습.

아버지께 여쭤보면, 그러셨다. 물고기도 집에 가게 되어 기쁜 마음을 몸으로 표현하는 거라고. 마치 너희들이 학교 수업 끝나면 신나는 그 모습처럼.

2017년 출간한 조너선 밸컴의 『물고기는 알고 있다』(에이도스,

137~138쪽)를 보면 이에 관한 이야기가 나온다.

전 세계에 80종의 멀릿(물고기의 일종)이 있지만, 점프를 하는 이유를 아는 사람은 아무도 없다. 멀릿들은 보통 측면으로 입수하는데, 이를 근거로 피부의 기생충을 제거하기 위한 전략이라는 이론이 등장했다. 산소를 흡입하기 위해서라는 아이디어도 있는데, 이를 이른바 공기호흡가설이라고 한다. '물의 산소 농도가 낮을 때 멀릿의 도약 빈도가 증가한다.'는 사실이 공기호흡가설을 뒷받침한다. 그러나 '점프에 소요되는 에너지가 공기를 흡입함으로써 얻는 에너지보다 많을 수 있다.'라는 가능성이 공기호흡설을 위태롭게 하기도 한다.

이러한 물고기들의 점프가 재미 삼아 하는 행동, 즉 일종의 놀이라고 할 수 있을까? 고든 버가트는 『동물의 놀이의 탄생』에서 10페이지를 할애하여, 열두 가지 물고기들의 점프와 공중제비 행동을 설명했다. 물고기들은 떠다니는 물체를 뛰어넘기도 하는데, 엔터테인먼트 외에는 특별한 이유를 댈 수 없다고 한다.

어류학자들도 연구하지만 뚜렷한 이유를 찾지 못하고 있다. 흔히들 산소가 부족해서 날뛰는 것이 아니냐는 질문을 하지만, 위의 이야기처럼 꼭 그렇지는 않은 것 같다. 오히려 물고기들의 노는 시간이라고 하지 않는가?

정말 어쩌면 말도 안 될 것 같았던 아버지의 말씀이 맞는지도 모르겠다. 하루의 일과를 무사히 마치고 이제 사람으로부터 살아나고, 먹이사슬의 상위 단계로부터도 살아났으니, 이제는 마음 편하게 쉴 수 있는 저녁이 옴을 자축하는 그들만의 향연이 아닐까?

　대청마루 위에 A4 크기의 액자로 사진 하나가 걸려 있었다. 한 소녀가 45° 각도로 위를 향해 눈빛을 모으고, 두 손을 맞대어 기도하는 숭고한 모습. 그리고 그 위에 여섯 글자가 당당하고 선명하게 자리하고 있다. '오늘도 무사히.'

　물고기들은 오늘도 무사히 지냈고, 정말 안녕했으며 무사 무탈하게 보냈다고 생각하는 몸짓이 해 질 녘의 튐으로 드러낸 것이라 보고 싶다. 나 또한 아침마다 출근하며 그런 생각을 한다. 그리고 속으로 조용한 기도를 올린다. '오늘도 무사히.'

수중 최고의 속도왕,
돛새치

참으로 바쁘게 돌아가는 세상이다. 이러한 세상에서 생존하기 위해 꼭 필요한 능력 중 하나가 바로 속도이다. 속도는 일의 능률뿐만 아니라, 경제성과 직결되기 때문이다. 인류의 역사도 어쩌면 속도의 역사가 아닐까 한다. 증기 기관차의 발명은 운송 속도의 혁명이었으며, 컴퓨터의 발전과 사물 인터넷 등도 종국엔 업무의 효율적이고 신속한 처리를 위한 것임을 우리는 안다. 이러한 물리적 빠르기도 있지만, 생태학적으로 동물들이 지닌 움직임의 빠르기는 과연 어느 정도일까?

인간이 아무리 100m를 10초 이내에 뛰어도 시속이 40km 이내에 불과하며, 달리기를 껑충껑충 잘한다고 알려진 타조도 시속 70km에 불과하다. 이에 비해 육상동물 중 가장 빠르다는 치타는 시속 120km

나 되고, 조류 중에는 단연 송골매가 가장 빨라, 무려 시속 325km라 하니, 가히 놀랄 만하다.

그러면 물고기 중 가장 빠른 것은 무엇일까. 바로 '돛새치'이다. 시속

112km로, 치타와 거의 같으니 말이다. 참고로, 민물고기 중 최고의 속도왕은 무지개송어로 시속 21km라니, 돛새치에 비하면 그야말로 조족지혈(鳥足之血)이다.

돛새치는 농어목, 돛새칫과로 대략 길이는 2m 내외이며 몸무게는 20kg 정도이지만, 큰 것은 3.4m, 90kg 정도의 거구도 있다. 머리 부분에 칼처럼 튀어나온 양턱이 있으며, 작은 이를 지니고 있다. 우리나라 중남부와 제주도 근해에 서식하며 첫 번째 등지느러미가 크고 길어 돛을 단 것 같고, 짙은 푸른색의 고운 반점이 밀집해 있다. 배지느러미는 가슴지느러미보다 훨씬 길고 몸 빛깔은 암청색으로 옆줄에 17개의 푸른 가로띠가 있다.

물속의 저항을 최소화한 화살 모양의 유선형에 날렵한 지느러미까지 속력을 덧붙이니, 물고기 중 최고의 속도왕이라 칭하는 것이 당연지사이다. 사실 물속의 저항을 고려하면 육상의 최고라는 치타보다도 더 빠른 것이 돛새치이다. 잠수함의 속도를 높이기 위해 돛새치의 움직임이나 형태를 많이 참고하면, 물속에서도 시속 100km 이상의 새로운 운송 수단이 나올 수 있지 않을까 하는 엉뚱한 생각도 든다.

우리나라 프로 배구단 중 현대 캐피탈 선수 중에 서브를 기가 막히게 넣어 세트당 0.87개의 서브 에이스 기록을 지닌 '파다르'라는 선수가 있다. 그의 서브 공격 시 공의 속도가 측정 결과 시속 110km란다. 물속의 돛새치와 물 밖 파다르의 서브 공이 함께 속도전 내기를 한다고 가정했을 때, 과연 무엇이 이길까 하는 궁금함에 피식 웃음이 일어난다.

물고기 꿈에
대한 해몽

　　　　　　나이가 들면서 꿈을 자주 꾸고, 또 그 꿈이 현실적
이면서 놀랄 때가 한두 번이 아니다. 꿈속에서 꼬집어도 보지만 아플
때가 많다는 얘기이다. 꿈도 나이가 들면 요즘 시쳇말로 버전이 업그레
이드되는가 보다. 눈 뜬 일상이 심란하여 숨도 돌리고 쉴 겸 해서 잠
을 청하지만, 잠을 자면서도 심란함은 지속된다. 그래서 하루 스물네
시간이 피곤하다.

　그래도 돼지꿈이나 과일 꿈, 불 꿈을 꾸면 헛된 대박의 기대감으로
복권 판매점을 서성거린다. 그런 꿈은 육신이 피곤해도 그런대로 괜찮
다. 그런데 대다수 꿈이 사무실에서 일 처리하는 것과 관련되니 늘 피
곤할 수밖에.

　간혹 물고기가 나오는 꿈을 꾼다. 그러면 대뜸 주위 사람들을 하나

하나 돌이켜본다. 누가 임신을 했나 해서이다. 흔하게 꾸지 않을 뿐만 아니라, 어떤 상서로움이 있을 거로 생각하기 때문이다. 그런데 전문 해몽가의 의견[1]에 따르면, 물고기 꿈이 꼭 태몽만은 아니란다. 통상 꿈 속에서 물고기는 사람, 재물, 일거리를 상징하는데, 그와 관련된 해몽이 대부분이다.

물고기를 먹는 꿈은 그동안 내심 가졌던 욕구를 충족하고 만족감을 성취할 수 있다는 징조이며, 물고기를 사는 꿈은 노력의 결과로 성과를 얻을 수 있는 징조라 한다. 또 물고기를 잡는 꿈은 큰 재물이나 일거리를 얻을 수 있는 암시라고 한다. 물고기가 헤엄치는 꿈은 그동안 소망했던 일들이 이루어질 수 있는 것이며, 물고기가 노는 꿈은 사업이 번창해 발전하거나 재산 증식의 길조라 한다. 물고기가 튀어오르는 꿈은 자기 능력을 최대한 발휘하는 것을 암시하며, 물고기가 살아나는 꿈은 태몽이나 혼담이 생길 가능성이 있다는 것이다. 물고기가 죽는 꿈은 갈등이나 근심, 걱정, 대인 관계의 갈등을 암시한다.

---

1 포털 사이트 네이버 지식 IN의 Q&A 내용을 많이 참고하였다.

자! 그럼 정리해보자. 물고기가 나오는 꿈은 일, 재물 등의 성과와 밀접하다. 그러고 보니, 물고기와 관련된 꿈도 일상생활의 사무와 관련된 것이니, 흔하게 꿀 만한 일이다. 우리가 그 꿈을 꾸게 되면 그에 따라 '기대 반, 조심 반'하는 생활 태도로 일상생활에 임할 것이 우리가 현명하게 대처하며 사는 방식일 뿐이다.

니모의
참모습

2003년 미국의 월트디즈니에서 앤드류 스탠튼 감독이 물고기가 주인공인 애니메이션 「니모를 찾아서」를 만들어 개봉했는데, 대충 줄거리는 그렇다.

알을 지키던 말린 부부는 상어의 습격으로 말린의 아내(니모 엄마)가 죽고, 아버지 '말린'은 엄마 없이 니모를 잘 키운다. 그러던 중 호기심이 가득 찬 어린 물고기 '니모'가 인간들에게 납치되고, 그 아버지인 말린이 아들 니모를 구하러 모험적인 탐색 여정을 떠난다는 이야기.

우리나라에서 개봉 후 아버지의 내리사랑과 어린 물고기 '니모'의 모험 등이 심금을 자극하면서 만화영화치고는 7만 명이 넘는 관객들에게 큰 인기를 얻었다. 특히 올바른 자녀교육이란 역경을 스스로 깨쳐 나갈 수 있는 동량으로 육성해야 한다는 메시지를 관객에게 넌지시 알려 주는 계몽적 만화영화였다.

사실 니모와 말린은 농어목 자리돔과에 속하는 '흰동가리'라는 물고기이다. 세 개의 흰 줄무늬를 지니고 동물성 플랑크톤과 해조류 등을 먹으며 태평양, 인도양 등에 분포한다. 영화 속 내용처럼 말미잘과 공생하며 산다. 흰동가리는 말미잘 근처에서 한꺼번에 칠팔백 개의 알을 낳지만, 그중 아주 극소수만 부화한다. 태어나 일 년까지는 성(性)이 미확정이지만, 일 년이 지나면 수컷의 상징이 나타난다. 따라서 니모가 알에서 깨어났을 때는 암수 구별이 되지 않는다. 하나의 말미잘에 의지해 살아가는 하나의 흰동가리 무리에는 암컷이 단 한 마리일 뿐이다. 만약 암컷 흰동가리가 유고 시에는 수컷 중에서 한 마리가 암컷으로 변성(變性)한다. 따라서 영화와 같이 니모의 엄마가 죽었다면, 바로 수컷 중의 하나가 새엄마로 등장해야 현실적으로 맞다.

해양 동물에는 사백여 종이 필요에 따라 성을 전환할 수 있다는데, 흰동가리도 그중 하나다. 그러니 결국 니모의 엄마는 꿀벌 무리의 여왕벌 같은 존재였으며, 니모의 성 정체성은 커가면서 확정되었다.

우리는 겉으로 보는 모습에서 대상을 규정해 버리는 오류를 자주 범

한다. 대상의 본질적 의미를 파악하지 않고 그 대상을 가십거리로 삼거나 규정 내리는 것은 큰 우를 저지를 수도 있다. 이에 따라 만화영화를 통해 획득한 흰동가리에 대한 정보는 잘못되었다. 이를 바로 잡기 위해서 흰동가리의 생태에 대한 선언적 설명이 프롤로그나 에필로그 부분에 있었어야 했다. 그것이 담보되지 않고 일반화되었을 때, 자칫 어린아이에게 잘못된 정보를 영원히 각인해 줄 수 있기 때문이다.

주황색 바탕에 흰 줄 세 가닥. 니모의 겉 색감이 퍽 앙증맞고 새초롬하다. 그래서 니모의 이야기가 더 가슴에 와 닿고 애절하다. 그 세 줄 속에는 사랑, 모험, 감동을 지녔다고 본다. 우리 인생은 어떤가? 우리도 이 세 가지 정도면 아무 때나 무덤에 들어가도 떳떳하고 당당할 만하다.

이제 나도 남은 인생에서 이 세 줄을 몸에 새기고자 한다. 원대로 색이 입혀질지는 모르겠다. 다만 바라는 것은 선명한 세 줄이 아니어도 좋으니, 희미한 흔적 정도만이라도 새길 수 있었으면 한다. 그게 앞으로 살 여생에 주어진 과제일 뿐이다.

〈우해이어보〉와
『자산어보』

우리나라에서 물고기에 대한 전문적인 저서는 언제부터 나왔을까? 흔히들 그 최초 문헌을 정약전의 『자산어보』(1814)로 말하지만, 이보다 십여 년 앞선 김려의 「우해이어보」(1801)도 있다. 이 두 문헌은 우리나라 물고기 연구서의 쌍벽을 이루는 최초의 물고기 전문서로, 공교롭게 동시대인 19세기에 천주교 사건으로 유배되어 「우해이어보」는 경상남도 진해에서, 『자산어보』는 전라남도 흑산도에서 쓴 책들이다.

「우해이어보」는 『담정유고』 권8에 수록된 것이다. 진해 앞바다의 물고기 53종과 조개류 20여 종을 세밀히 조사하고, 그 이름, 생리, 형태, 습성, 산지, 번식, 효용 등에 대해 기록하였다. 반면에 『자산어보』는 물고기 단행본이며 흑산도에서 유배 생활 중 총 3권 1책으로 구성하여 200여 종이 넘는 수산물을 한자어명, 고유어명, 형태나 생태, 생산지 등의 순으로 기록한 저서이다.

이 두 저서를 국어학적으로 종합적인 고찰을 시도했던 책이 졸저『우해이어보와 자산어보 연구』(한국문화사, 2008)이다. 당시 이 책을 저술할 때, 「우해이어보」는 연세대에 계셨던 홍ㅇ표 교수님으로부터 연안 김씨 문중에 있던『담정유고』의 복사본을 받아 집필했었다.『자산어보』의 경우는 현재 원본이 전해지지 않

는다. 최초로 이를 번역한 정문기 박사님도 네 명의 각기 다른 소장자들로부터 사본 한 권씩을 얻어 내용과 분량상의 차이를 합친 새로운 사본을 만들었는데, 필자도 이 사본의 사본을 가지고 집필했었다.

최근 먹거리와 먹방이 유행하면서 수산물에 관한 관심이 높아지는 가운데, 그 기원이나 참고문헌을 찾자면,『자산어보』나 「우해이어보」를 참고하지 않으면 안 된다. 이런 시대적 흐름에 따라 KBS나 EBS를 비롯한 방송 작가들이 심심치 않게 전화를 해서 자문한다. 생물학적 지식이 아니라, 국어학적 어원을 묻기 위해서다. 그럴 때면 돈 받는 것 없이 기쁘고 신이 날 뿐이다. 자막에 자문 이름으로 내 이름 석 자 오르는 것이 다이지만, 나의 흔적이 이렇듯 평가를 받는다는 생각에 뿌듯하고 자랑스럽기 때문이다.

게다가 국립수산과학원과도 이 책이 인연이 되어 특강 의뢰나 어원 자문을 하게 되어, 그곳 서○○ 부장님과는 지금까지 간헐적으로 연락을 주고받는 사이까지 되었다. 또 2008년에는 물고기 이름과 관련된 '람사르 총회 국제회의' 학술발표장에도 초청되어 특강을 한 적도 있으니, 책 한 권 어찌 써서 좋은 기회를 많이 잡았다고 할 수 있다. 참으로 행운아가 아니었나 생각한다.

지나고 나서 이제 보면, 당시 젊은 혈기로 깊은 고민 없이 막 써내려 간 부분도 없지 않다. 꼼꼼하게 분석하고 확인하며 검증에 또 검증하기도 했었다. 그래도 한 10여 년 지나 돌이켜 보니, 허점투성이다. 크게 반성하지만, 뭐 이제 어쩌겠는가? 어차피 엎지른 물인 것을. 글 쓰는 사람의 책무에는 그 내용에 책임을 져야 한다고 본다. 손에서 떠난 내용은 독자의 평가를 기다려야만 한다. 그래서 불안하기도 하다. 요즘은 그런 생각도 한다. 욕만 안 먹어도 괜찮겠는데….

이카루스의 후예,
날치

    그리스 신화에서 천재적인 장인(匠人) 다이달로스
는 아들 '이카로스'를 두었다. 그런데 아들 이카로스는 아버지와 함께 크
레타섬의 왕 미노스의 분노를 일으켜 라비린토스 미궁에 갇힌다. 그렇
지만 역시 천재적인 장인은 달랐다. 다이달로스는 날개를 고안해 아들
과 함께 어깨에 밀랍으로 고정하고, 미궁 탈출에 성공한다. 그러나 이
카로스는 너무 높이 날면 위험하다는 아버지의 말을 무시한 채 태양 가
까이 비행하다 그 열로 밀랍이 녹아 결국 바다에 떨어져 죽고 만다.

    바다 위를 날아오르다 이내 물속으로 들어가는 물고기가 있다. 바로
'날치'인데, 이 날치를 보면, 늘 '이카로스'가 생각난다. 과감한 모험심과
도전 정신도 좋지만, 규율을 벗어난 무모함과 어리석음에 이카로스와 비
슷하다고 생각했기 때문이다. 물고기는 물에 살아야 한다는 대원칙이

있다. 그 원칙에 어긋나 허공을 향해 높이 날아오르는 날치. 가슴지느러미가 새의 날개처럼 큼직해 위험에 직결하면 하늘을 향해 날아오른다. 주로 따뜻한 바다, 수심 30m 정도에서 지내는 것으로 알려져 있다.

날치의 하늘 비행에 대해 어류학자들은 몇 가지 설을 제시한다. 많은 주장 중에서 비행 자체를 즐긴다는 설과 위협에 도피하기 위한 행

동설 등이 신빙성이 있다. 후자가 더욱 설득력이 있어, 어류학계에서는 정설로 받아들이고 있다. 날치도 평상시에는 그냥 물속에서 유유히 유영하며 지낸다. 그러다가 갑자기 위험이 도사리거나 생명에 위협을 느낄 때, 자신이 가진 특별한 능력인 비행을 선보이는 것이다. 순간 시속 70km, 해상에서 최고 6m까지 튀어 오르며, 50m 내외의 거리를 날아다닌다.

우리나라에서는 생선 자체보다는 비빔밥, 김밥에 넣어 먹는 주홍빛 날치알로 더 친숙하다. 입안에서 오도독 씹히는 치아의 감촉과 그 터트림에서 나오는 맛이 특이해서 그렇지, 뭐 그다지 특별한 미각을 선사

하지는 않는다. 오히려 날치 성체가 칼슘과 철을 비롯해 많은 미네랄이 함유된 알칼리성 생선이란다. 노화 방지에 특별히 좋고 지방 함량이 아주 적은 고단백 식품이라 다이어트에도 효과가 최고인 생선이다.

이상의 『날개』에 나오는 마지막 구절도 불현듯 떠오른다.

나는 걷던 걸음을 멈추고
그리고 일어나 한번
이렇게 외쳐보고 싶었다.
날개야 다시 돋아라.
날자. 날자. 날자.
한 번만 더 날자꾸나.
한 번만 더 날아보자꾸나.

위협으로부터의 도피를 위해 부지런히 날갯짓하는 날치. 그들의 이러한 날갯짓이 희망과 미래를 약속받는 행위이기를 간절히 기원해 본다.

매운탕 재료로
쓰이는 물고기

여름 한철 뜨거운 태양 아래에서 족대질이나 투망질을 통해 손아귀에 넣게 되는 붕어를 손질해서 빨간 고추, 애호박, 무를 듬성듬성 실하게 잘라 넣고, 된장과 고춧가루를 넣어 소금기와 매운 정도를 맞춘 후 맨 마지막에 마늘이며 고추, 깻잎 등을 살짝 증기에 익히면서 되직하게 끓인 민물매운탕. 비린 맛을 좀 누그러뜨리게 하려고 소주 반 컵과 후추를 첨가하면 이른바 화룡점정이 된다.

집사람이 대체로 요리를 잘하지만, 이 매운탕만은 나보다도 한 수 아래로 맛이 덜하다. 비슷한 요리법이지만 2%의 뭔지 모를 차이가 그 맛을 좌우하는 것 같다. 이제 집사람은 자기의 요리법이 나보다 못함을 자인하고 매운탕을 끓일 상황이면 나 몰라라 뒷짐 지며 내게 은근슬쩍 미룬다. 바닷고기 매운탕도 마찬가지로, 다 내 차지가 된다.

이러한 매운탕에 쓰이는 물고기 재료도 우리는 아무것이나 고르는 건 아니다. 민물고기로는 미꾸라지, 잉어, 붕어, 메기 등이, 바닷고기로는 우럭, 광어, 돔, 농어, 조기, 대구, 민어, 명태, 숭어 등이 매운탕 재료들이다. 이 어종들을 가만히 들여다보면 하나의 공통점이 있다. 바로 흰 살 생선류라는 것이다. 대체로 붉은 살 생선 예를 들어 꽁치나 고등어는 강한 비린내 때문에 매운탕 재료로는 매력 없다. 그래서 이들 붉은 살 생선은 조림이나 구이를 주로 한다. 경북 어느 지역에선 고등어도 매운탕을 끓이더라는 풍문을 들은 바 있으나 그 맛이 큰 기대가 되지는 않는다.

그리고 보니 민물고기 매운탕 재료들은 탁한 물에 사는 것이 주종이다. 1급 수어인 버들치, 산천어로 매운탕을 잘 끓이지는 않는다. 3급 수어인 붕어, 메기, 잉어, 미꾸라지가 적격이다. 생화학적 산소요구량 검사 (BOD)가 6.0mg/l 이하인 경우를 3급수라 하며, 만약 이 기준 이상이면 어떤 물고기도 살 수 없단다. 그러니까 민물고기 매운탕 재료 어종은 물고기가 살 수 있는 가장 최저 급수에 사는 셈이다. 그런 곳에 사는 고기라야 매운탕 재료로는 제격이란 말이다.

물이 너무 맑으면 물고기가 모이지 않는다고 하였다. 인간의 제물로 삼을 만한 것은 깨끗한 1급수 어종보다는 좀 더러운 3급수 어종이 좋은 것은 맑은 물에 사는 고기를 숭배해서 때문인지, 아니면 원래 좀 더럽고 비위생적인 것이 인간의 미각을 자극하는 무슨 성분이 있어 그런 건지 도통 모르겠다. 먹는 건 그렇다 치고, 우리가 사는 세상은 탁하고 더러운 것보다는 맑고 깨끗함이 더 매력적이지 않을까 한다.

물고기 의사,
수산질병관리사

반백 년 인생을 살다 보니, 하루가 멀다고 병원 문턱을 들락날락한다. 큰 산도 아닌, 동네 야트막한 동산을 오르다 넘어져 무릎 인대가 찢어지고, 닭고기 먹다가 뼈를 잘못 씹은 것이 어금니가 깨져, 새로 해 박아야 하고, 왼쪽 눈 밑은 수시로 떨리면서 신경 쓰이게 하고, 새벽마다 나오는 기침은 잦아들 기색이 없고, 얼굴에는 건조한 탓인지 붉은 반점이 점점 커지는 등등.

종합병원에서 정형외과, 치과, 신경외과, 호흡기내과, 피부과 등을 다니면 좋으련만, 각각 개별로 익숙하게 다니는 의원으로 가야 하니, 갈 때마다 귀찮고 이런 내 몸이 더 짜증이 나는, 뭐 그런 상황이 요즈음이다. 사람도 아프면 의사 선생님의 도움을 받지 않을 수 없는 것처럼, 물고기를 비롯한 수산생물들도 아프면 치료해 줄 어떤 존재가 필요할 텐데….

그런데 쓸데없는 걱정이었다. 당연히 그러한 역할을 대신할 직업이 있단다. 일명 물고기 의사 또는 어의사(魚醫師)라는 '수산질병관리사'가 바로 그것이다.

부경대를 비롯해 우리나라 5개 대학에 수산생명의학과가 있는데, 이곳에서 수산질병관리사를 양성한다. 다소 생소하지만, 수산질병관리사에 대해 간략히 설명하면, 수산생물을 진료하거나 질병을 예방하는 업무를 담당하는 어패류 치료 전문가이다. 이들은 별도로 일반 병원처럼 수산질병관리원(물고기 병원)을 개원하여, 어패류에 항생제 투여를 위한 처방전을 발급하기도 하고, 수술 및 사체 검안을 통해 물고기 건강관리의 모든 면을 다룬다. 이러한 수산질병관리사 제도는 2002년 1월 〈기르는 어업육성법〉이 제정되면서 2004년부터 시행된 제도이다.

최근 잡는 어업에서 기르는 어업으로 수산 환경이 바뀌면서 안전한 수산물 먹거리에 대해 이들의 손길이 아주 필요한데, 앞으로 점점 전망이 좋을 직업으로 지속적인 관심을 받으리라 예상되는 직업이다.

막내아들이 지방 모 대학에 있는 항공 조종학과에 진학했었다. 1학년을 무사히 마치고 중도에 공군에 입대했는데, 지금은 항공 조종에 대한 꿈을 완전히 접고 어의사가 되기 위해 다시 공부를 시작했다. 그렇게 간절히 원했던 파일럿의 꿈을 접고 어의사의 꿈을 실현하기로 결심한 내면에는 나름 무슨 사정이 있겠으나, 못내 아쉽기도 하고 걱정도 되는 것이 부모 된 사람의 입장이다. 그러면서 이것저것 꿈을 바꿔보며 시도해보는 아들이 못마땅하면서도 이는 어쩌면 부러움의 시기심에서 나온 것이 아닌가 한다.

과거 자신의 꿈이 적성에 맞지 않음을 간파하고 바로 그 꿈을 다른 길로 선택해 이것저것 해보고자 도전하는 아들의 모습이 부럽기도 한 것은 사실이다. 그러면서 병영생활이라는 그 힘든 환경 속에서도 쪽잠을 자고 자투리 시간을 내서 악전고투하는 아들의 그 정신이 갸륵하기도 하다.

바다의 명의(名醫),
개복치

물고기 중 가장 기상 망측하게 생긴 고기가 하나 있다. 덩치는 4m까지 크고 몸무게는 자그마치 2t 이상 되며, 몸에 40종 이상의 기생충이 득실대는, 이른바 기생충 서식처인 '개복치'. 복어과 종류이며 큰 덩치에 납작한 형태로 배지느러미가 없고 눈과 아가미는 아주 작다. 입은 새의 부리 모양으로 단단하게 생겼다. 또한, 기동성도 아주 떨어진다. 정말 일반적인 물고기 모양에 비하면 기형에 가깝다.

그래도 이 개복치는 물고기들한테는 없어서는 안 될 명의(名醫)라 한다. 자신도 기생충을 지니고 있지만, 다른 물고기들의 기생충 제거 의사 역할을 톡톡히 하기 때문이다. 일반 물고기들은 자기 비늘 외벽에 붙은 기생충을 제거하기 위해 개복치의 사포처럼 생긴 피부에 마찰시켜 제거한단다.

그러면 개복치는 자기 몸에 붙은 기생충은 또 어떻게 제거할까? 청소부 물고기들의 서비스를 받으려고 일부러 모로 눕기도 하고, 아주 큰 기생충을 제거할 때는 해수면으로 떠올라 갈매기의 도움을 받는다고 한다. 갈매기의 환심을 사기 위해 갈매기 꽁무니를 졸졸 따라다니다가 기회가 포착되면 모로 누워 헤엄을 친다는 것이다. 자타의 기생충 고민을 아주 현명하게 해결하는 명의임이 틀림없다.

개복치는 온대성 물고기로 해파리를 주로 먹고, 피부는 두꺼우며 무두질한 가죽처럼 거칠거칠하다. 보통 수명은 20년으로 우리나라의 먼바다에서 가끔 잡히는데, 주로 포항 근처에서 잡힌단다. 고래 고기보다 오히려 잡기 힘든 것으로, 대체로 회로 먹는데, 아주 희고 뽀얀 살을 가지고 회무침을 한다. 개복치의 별미는 껍질을 이용한 수육이 단연 최고이며, 포항 지역에서는 길흉사 때만 먹을 수 있는 귀한 음식이란다.

덩치에 비해, 환경에는 대단히 예민한 물고기로 수족관에서 키우기 힘든 물고기이다. 특히 수족관 유리 벽에 자주 부딪히는데, 이런 성질머리 때문에 힘들다는 것이다.

'개복치'라는 이름을 보자. '복어'를 얕잡아 불러 '복치'라 명명한 후, 여기에 '참 것이나 좋은 것이 아니고 함부로 된 것이라는 뜻'을 지닌 '개-'가 접두사로 붙었으니, 이름대로라면 복어 중 가장 천하고 덜 떨어졌다는 의미이다. 그러나 이름에 비해 개복치는 참으로 고결하고 숭고한 물고기이다. 자신뿐만 아니라 남을 위해 봉사하고, 물속을 바쁠 것 없이 유유자적 헤엄치는 모습이 가히 점잖은 양반이요, 어진 선비니 말이다.

이 이름의 반대 격인 '참복어'를 보자. 가슴지느러미 뒤쪽에 흰 테를 두르고 검은색 둥근 반점이 있어, 참 예쁘장하게 생겼지만, 뱃속의 독 0.5mg만 먹어도 청산 나트륨 천 배의 독성을 지닌 존재가 참복어이다. 가시 돋친 장미처럼 조심스럽게 다루고, 한입 물 때마다 생각하고 먹어야 하는 물고기이다.

'개복치'와 '참복어'. 둘 중 택일을 하라면 서슴없이 난 '개복치'다. 그 정신과 행실이 정겹고 본받고 싶어서이다. 우리는 행동이 굼뜨고, 건들면 바로 쓰러질 것 같은 사람을 일명, '개복치'라 한다. 그러나 이는 개복치의 참모습을 모르고 말하는 처사이다. 개복치의 내면을 아는 사람이라면 이러한 별명이 놀림거리가 아니라 얼마나 훌륭하고 숭고한 별명인지 대번 알 것이다. 개복치처럼 사는 인생. 이것도 인생 말년에 즐기기에는 딱 좋은 인생살이의 한 방편이 아닐까 한다.

우여는
웅어다

해마다 봄이 되면 회를 좋아하는 금강 변의 미식가들에게 미각을 자극하는 횟감이 있다. 바로 부여와 강경 주변 백마강에서 나오는 '우여회'가 그것이다. 등 부위가 연한 황록색을 띠지만 대부분은 하얀 은백색의 빛깔을 띠며, 앞쪽보다는 뒤쪽이 날렵하고 미끈한 유선형으로, 짠물과 민물이 만나는 강어귀 지역에 산다. 산란은 5월부터 7월 사이에 하는데, 그 직전에 먹는 우여회 맛이 가히 일품이다. 알맞은 지방질로 그 고소함을 더해 주고, 연한 가시는 흐물흐물 녹아서 몸속의 칼슘 보충제 역할을 톡톡히 한다. 이 고기가 새콤한 식초와 얼큰한 고추장 그리고 달콤한 엿기름과 조화를 이룰 때, 그 맛의 진가를 비로소 확인하고 '바로, 이거야!' 하는 탄성이 절로 나온다.

그러나 이 물고기 이름에 대해서는 한 가지 알아야 할 것이 있다. 바로 '우여'는 '웅어'의 방언이라는 사실이다. 표준어가 '웅어'라는 말이다.

그러면 부여나 강경 주변 사람들은 왜 이 말을 모르고, 어찌 다 '우여'라 할까? '웅어'라 할 때, 이 지역 사람들은 '드렁허리'와 혼동을 한다. 즉, 논, 도랑, 연못 등지에 뱀처럼 몸이 가늘고 길며 꼬리 끝이 짧고 뾰족한 민물고기가 있는데, 이것을 일컫는 표준어가 '드렁허리'이다. 그 모습이 뱀처럼 징그럽고 투박해 정이 도통 가지 않는 모습이다. 이 드렁허리를 이곳 사람들은 '웅어'라 한다. 결국 '웅어'라는 표준어를 한자어로 '선어(鱓魚)', 우리말로는 '드렁허리'를 대신한 것으로 아는 것이다.

그러다 보니 '우여'의 표준어 '웅어'를 뱀같이 거뭇한 물고기와 전연 다른 물고기를 지칭하는 데 쓰는 것이 꺼림칙하다. 따라서 이 지역에는 널리 '우여'라고 쓰는 것이다.

결국, 이 지역에서 쓰는 '우여'라는 방언은 그 표준어가 '웅어'이며, '웅어'라는 방언은 그 표준어가 '드렁허리'라는 말이다.

"그 표준어가 어떤 것인들 뭐가 그리 중요하랴? 맛만 좋으면 그만이지."라고 하실 분도 계시리라. 그러나 언어는 인간의 사고를 지배한다고 한다. 또 사람들이 쓰는 언어가 지방마다, 사람마다 다르다면 의사소통에 혼란을 겪는다. 그래서 국가에서 어떤 원칙을 세웠는데, 그것이 '표준어'인 것이다. 물론 지역 사람들 간 의사소통에는 방언이 더 자연스럽고 입에 착 감기며 곧바로 이해할 수도 있다. 그러나 단, 이것 하나는 알았으면 한다. '그 말의 표준어는 무엇이다.'라는 정도를.

물고기 종류의
빵

집사람은 몸이 약하다. 뭐 대단한 암은 아니지만, 갑상선과 임파선 수술을 받은 적이 있고, 선천적으로 야리야리한 게 먹성도 그리 좋지 않다. 젊을 때 그 야리야리함에서 분출되는 날씬함 때문에 혹해서 청혼했나 모르겠다.

마치 그늘에서 시들시들 올라오는 콩나물 줄기 같은 그녀이지만, 유독 식탐을 내는 음식이 있다. 겨울밤 손에 넣고 호호 불며 먹는 '붕어빵'이다. 호호 불며 먹는 방법이 거지반 닮은 호빵이나 찐빵도 있어, 붕어빵을 대신해 호빵이나 찐빵은 어떠냐고 묻지만, 오로지 붕어빵만 사랑하는 사람이다.

겨울밤 친구나 동료들과 밤에 회식 후 귀갓길에 붕어빵 집이 있으면, 그래서 항시 사서 귀가한다. 집사람이 그렇게나 좋아하기 때문이다. 그러면 그녀는 정말 소녀처럼 날뛰며 좋아한다. 찍 하고 먹어야 붕어빵 두

개면 포만감을 느끼며 고개를 설레설레 젓는 사람이 말이다.

물고기 이름을 붙이는 빵들에 붕어빵 말고 또 무엇이 있을까? 잉어빵도 있다. 붕어빵보다는 한 배 반에서 두 배가량 크기가 커지기만 했지, 모양에 큰 변화는 없다. 붕어빵의 원조인 도미빵도 있다. 우리의 붕어빵은 일본의 도미빵에서 20세기 초 도쿄 아자부 지역의 '나니와가 제과점'에서 유래했다고 하는데, 1930년대부터 본격적으로 한반도에 등장했다는 것이다. 일본의 도미빵은 그 역사가 메이지 시대까지 올라간다니, 참으로 변화의 자취가 유구하다. 최근 2010년대부터 일본의 도미빵이 우리나라에서 고품격을 내세우며 백화점을 중심으로 부활하고 있다. 이 외에도 붕어빵의 이름을 달리해 상표 등록한 '황금 물고기 빵', '황금 잉어빵' 등이 있다. 이상의 물고기 빵들은 물고기 자체가 빵의 재료로 들어가지는 않는다.

물고기가 빵의 재료로 들어가는 빵도 몇 있다. 문어빵, 오징어빵이 대표적이다. 문어빵은 전국 몇 곳곳에서 만드는데, 유명한 지역은 역시 제주도이다. 오징어빵은 오징어도 재료로 들어가면서 그 모양이 오징어이다. 속초를 비롯한 강원도 지역이 유명하다. 이 밖에도 포항 지역에서 유명한 대게빵도 있으나, 널리 알려지지는 않았다.

우리가 흔히 이야기하는 우스갯소리로 '붕어빵에 붕어 안 들어가듯, 곰탕에 곰 안 들어간다.'라는 말이 있다. 우리말에는 이처럼 본래의 의미가 다른 의미로 받아들여지는 경우가 가끔 있다. 갈매기살에 당연히 갈매기가 안 들어간다. 횡격막 근처에 있는 '가로막살'에 접미사 '-이'가 붙고 모음 역행동화 현상을 통해 '갈매기살'로 변한 것으로 보인다. 꽃빵에도 꽃은 안 들어가며, 멜론빵에도 멜론은 안 들어간다. 엿기름에 기름은 없으며, 오소리감투는 오소리가 쓴 감투가 아니라, 마치 오소리가 굴에 숨는 모습과 닮은 돼지 위장을 말한다. 총각김치는 총각과 무관하며, 청양고추는 충남 청양의 고추가 아니라, 경북 청송군과 영양군의 고추 이름에서 온 것이다.

체외수정 없이
새끼 낳는 물고기들

　　대체로 동물 중 척추동물들은 암컷과 수컷이 체내 수정인 교미를 통해서, 일반 어류나 양서류는 체외수정을 통해서 자손을 번식하는 것이 신의 섭리이다. 성을 구별함으로써 각자의 역할을 부여하고 조화롭게 살기를 원했던 신의 뜻이 아니었을까 한다. 그러나 꼭 그렇지 않고 이를 거스르는 물고기가 있다니, 놀랄 만하다.

　대표적인 것이 '큰가시고기'이다. 영국 잉글랜드 노팅엄대학 연구진의 실험에 의하면, 큰가시고기는 체외수정이나 수컷과의 교류 없이 단독으로 알을 키워 새끼를 낳는 것이 밝혀졌다.[2] 실험 고기인 '메리'라는 큰가시고기는 총 56개 부화에 성공했다고 하는데, 3년이 지난 2019년까지도 스무 마리가 건강하게 살고 있단다.

2　2019. 2. 22.자 서울신문 나우 뉴스 '수컷 없이 임신하고 알 낳는 큰가시고기 발견'(송현서 기자)의 글을 참고하였다.

연구 교수였던 맥콜 교수는 다음과 같이 말했다고 한다.

"비록 어류에게서 보기 드문 매우 희귀한 현상을 우연히 발견하게 됐지만, 이 사례는 우리가 생명이 태어나는 과정 전반에서 일어나는 매우 중요한 변화를 이해하는 데 도움이 될 것이다. 많은 동물이 알을 낳으며, 매우 일부의 포유류 또는 어류만이 뱃속에 알을 간직한 채 성체의 새끼를 낳는다. 다만 이런 현상은 매우 보기가 드문데, 이 작은 큰가시고기는 혼자서 이러한 현상들을 보여준 것이라 매우 놀랍다."

흰동가리처럼 암수 전환을 상황이나 필요에 따라 수시로 할 수 있는 물고기는 있었지만, 암수의 교류를 통한 수정 없이 새끼를 낳는다는 사실은 보통 일이 아닌 것은 틀림없다. 큰가시고기는 북반구의 온대 지방에 주로 서식하며, 작고 긴 형태로 최대 몸길이가 15㎝가량이다. 우리나라에서는 하천 중류의 물이 맑고 수초가 많은 곳에 주로 서식하며, 배지느러미와 등지느러미, 뒷지느러미 등에 가시가 솟아나 있고, 몸에 비늘이 없다. 일반적으로 우리나라에서는 큰가시고기목 큰가시고깃과에 속하는 '가시고기'가 서식한다. 우리에게는 책명으로도 널리 알려져 아버지의 사랑을 잘 표현하는 고기로도 유명하다. 연어처럼 회유성 물고기로 치어 때 바다에 갔다가 산란 전에 강을 거슬러 올라온다.

수컷 없이 암컷 홀로 새끼를 낳는 경우가 또 있는데, 바로 '표범상어'도 그렇다. 호주 퀸즐랜드의 수족관에 있는 표범상어는 2018년 4월 수컷이 없는 상태에서 3마리 새끼를 낳아 화제가 되고 있다.[3] 이렇게 수컷 없이 홀로 새끼를 낳는 것을 단위생식이라고 하는데, 대체로 단위생식은 식물이나 무척추동물에서 벌어지는 번식 방법이다. 과거 '매가오리'도 단위생식이 보고된 바가 있다고 한다.

신의 섭리를 거슬린, 두 물고기 '큰가시고기'와 '표범상어'. 앞으로 연구 대상으로 학자들의 주 대상이 되고 있다는데, 후에 단위생식으로 자식을 번성하는 것이 일반화되지 않을까 걱정이다. 그런 세상은 신의 섭리를 벗어남도 있겠지만, 동물들 세상에 역할과 조화에 대한 큰 혼란이 우려되기 때문이다.

요즘 우리 인간사회에서도 결혼은 싫지만, 아이를 갖고 싶은 독신주의자 싱글맘이 팽배해지고 있다. 여성들의 자아실현에 가치를 두는 사회 현상에서 비롯되었는데, 사회가 다양화와 다변화의 흐름 속에서 가족제도 자체가 흔들리게 될 상황에 이르렀다. 앞으로 전개될 탈가족주의 시대가 어떻게 전개될지 귀추가 주목된다. 그러나 뒷맛이 개운하지 못한 것은 왜 그럴까?

3 2019. 4. 24.자 더 사이언스 타임스지 '수컷 없이 새끼 낳은 표범상어'(심재율 객원기자)의 글을 참고하였다.

어죽의
별미

       필자의 처가가 금산에 있다. 금강을 끼고 산촌으로 구성된 고장이다. 다 아는 바처럼 인삼이 유명하지만, 그 외에도 어죽이 특히 유명한 곳이기도 하다. 금강 상류의 맑은 물이 피라미를 비롯한 각종 민물고기의 터전을 만들어 놓은 터라, 예부터 어죽이나 민물매운탕이 특히 발달한 고장이었다.

  가을 추수가 어느 정도 끝나고 피부에 으스스 찬바람이 스며들 때, 농군의 지친 어깨에 힘을 불어넣는 것이 바로 어죽이나 매운탕이었을 것이다. 해가 뉘엿뉘엿 스러져 갈 적, 강가에 흩어진 짚풀 가지를 모아 냄비 하나 척 걸어 놓고 갓 잡은 민물고기로 어죽을 끓이며 먹는 맛이란 별미 중의 별미였을 것이다. 고추장을 짙게 풀어 놓고 쌀알이나 국수 덩이, 이도 안 되면 라면 사리를 쑤셔 놓고 되직하게 끓여 먹는 어죽의 맛.

  강가에서 그릇을 손에 든 채 어죽 한 입을 숟가락에 올려놓고 호호 불며 먹는 농부의 마음은 생각만 해도 정겹고 푸근할 뿐이다. 대체로 충청도 지역은 어죽에 수제비나 국수를, 전라도에는 밥을 넣는 것이 특징인데, 금산은 충청도와 전라도의 접경이어서 그런지 두 가지를 그 때그때 상황에 따라 넣어 먹는다.

어죽은 일반적으로 흰 살 생선을 쪄서 살을 으깨고 뼈와 머리를 푹 삶아 곤 후에 발라서 쌀이나 국수 등을 넣어 되직하게 끓인 음식이다. 그 역사도 길어, 조선 숙종 때 홍만선이 발간한 『산림경  제』(18세기 초)에도 붕어로 만든 어죽에 대한 설명이 나온다.

"큰 붕어는 창자를 빼고 비늘째 삶아 꺼내어 대나무 체에 내려 살을 발라내고 뼈와 껍질을 버리고 원래의 즙에 멥쌀을 넣어 죽을 쑨다. 후추, 생강을 넣어 먹는데, 노인에게 좋다."

조선 실학자 서유구가 36년간 저술한 농업백과사전인 『임원경제지』 (1842년)에도 '붕어죽'이 등장하며, 조선 말기 저자 미상의 조리서인 『시의전서』에도 '옥돔죽, 고등어죽, 미꾸라미죽' 등이 등장한다.

어죽에 쓰이는 것은 갓 잡은 신선한 생선을 쓰는 것이 좋은데, 도미, 붕어, 가자미, 대구, 미꾸라지 등이 적당하다고 한다. 최근에는 붕어, 피라미, 쏘가리, 동자개(빠가사리), 메기 등을 주재료로 삼는 편이다.

어죽은 지역마다 만드는 방법이 약간 다른데, 소개하면 다음[4]과 같다.

강원도식: 민물고기를 푹 삶아 체에 거른 다음, 삶은 산채에 고추장과 밀가루를 버무린 것과 불린 쌀을 넣고 끓이거나 불린 쌀을 넣고 죽을 끓이다가 다진 파, 마늘, 생강, 소금을 넣는다.

충남식: 내장을 제거한 민물고기를 푹 삶아 체에 걸러낸 국물에 고추장, 고춧가루를 풀고 불린 쌀, 다진 양파, 마늘, 민물새우를 넣어 끓이다가 국수를 넣고 익으면 채 썬 깻잎, 다진 풋고추, 들깻가루, 참기름을 넣고 끓인다.

전북식: 민물고기를 삶아서 뼈를 발라낸 다음 된장, 고추장을 풀고 불린 쌀을 넣어 끓이다가 수제비 반죽을 떼어 넣고 풋고추, 깻잎, 미나리, 쑥갓을 먹기 직전에 넣고 한소끔 더 끓인다.

전남식: 붕어를 폭 끓여 뼈째 갈아, 거른 물에 불린 쌀을 넣고 끓이면서 된장을 풀어 넣고 대파와 다진 양파, 마른 고추, 마늘, 생강으로 만든 양념을 넣고 쌀알이 퍼질 때까지 끓인다.

대체로 푹 삶아 뼈를 골라내고 된장이나 고추장으로 잡내를 잡아 얼큰하고 담백함을 추가한 후 각종 채소와 양념을 통해 맛깔스럽게 끓인다는 점이 공통이다.

낮부터 여름비가 주룩주룩 들판을 적시고 있다. 으슬으슬 냉기가 올라오며, 피부에 오돌돌한 한축(寒縮)이 든다. 이럴 때는 소담스레 차려

4　네이버 지식백과 '어죽/전통향토음식 용어사전/음식 백과/요리별 레시피'를 참조하였다.

놓은 어죽 한 그릇에 소주 한 잔이면 아주 딱 맞다. 오늘은 퇴근길에 쌀알 대신 국수를 넣어 어죽을 질펀하게 끓인 어죽집으로 발길을 돌리련다.

억울한
상어 이야기

전 세계에 사는 500여 종의 상어는 크기가 불과
17㎝부터 무려 12m까지 다양하며, 인간들의 생명을 위협하는 종으로
널리 알려져 있다. 보기와는 다르게, 연골어류로 오히려 가오리 종류
와 친척이란다.[5]

후각이 매우 뛰어나 삼백 미터 떨어진 화학 물질이나 피 냄새까지
포착하며 2018년 한 해 66회 상어의 공격으로 사망자 4명이 있었단
다. 이에 반해 잡혀 죽은 상어의 마릿수는 얼마일까? 무려 일억 마리.
참으로 인간의 잔인함에 혀가 내둘러진다. 2008년 이탈리아 연구팀에
의하면 상어 숫자가 200년 동안 무려 97%나 급감했다고 하니, 상어
포획이야말로 큰 문제가 아닐 수 없다. 우리나라에도 연간 이만오천
마리나 소비한다는데, 가히 엄청난 숫자이다. 특히 경북 영천 지역에서

5 중앙일보 뉴스(2019. 2. 2.자 강찬수 기자)의 내용을 많이 참고하였다.

는 제사상이나 잔칫상에 올리는 풍습이 있다고 한다.

그러면 상어고기가 과연 얼마나 좋을까? 그 희귀성 때문에 인기는 있으나, 수중 먹이사슬 중 최고인 상어의 몸속 수은 농도는 1.54ppm 이란다. 보통 생선의 수은 농도 평균이 0.5ppm임을 고려하면 세 배 이상의 수치이다. 샥스핀 또한 치매나 루게릭병 등을 유발하는 독성 물질도 있단다. 그러니 무조건 좋다 하고 먹는 것이 당사는 아니다.

그 많은 상어 중에도 사람을 공격하는 상어는 청상아리, 귀상어, 뱀상어 등 불과 세 종류이며, 이들을 제외한 상어들이 엄청난 피해를 받는 것은 사실이다. 또 그나마 공격하는 세 종류의 상어도 사람이라 문 것이 아니라, 자기들의 중요 먹잇감인 '바다표범'으로 착각해서 공격한다는 것이다.

우리나라도 1959년 대천해수욕장 사건 이후 총 7건의 상어로 인한 사고가 있었으며, 6명이 숨지고 1명이 다쳤다. 그러나 우리 인간이 상어를 해치는 것에 비해, 상어의 행태는 귀여울 정도이다.

『죠스』라는 책의 저자 '피터 벤츨리'도 죠스에 기술된 상어의 습성이 잘못되었음을 나중에야 알고, 크게 뉘우쳐 상어 보호 운동가로 여생을 살면서 상어 보호 운동에 앞장섰었다.

우리의 고문헌에는 17세기부터 보통 사어(沙魚)나 교어(鮫魚)로 나오는데, 대표적 어류 박물지 『자산어보』에는 무려 15가지까지 기술하고 있다. 과거에도 오늘날처럼 식용으로 했으며, 그 가죽은 잘 말려서 칼자루에 감기도 하고, 물건을 닦는 데도 사용하였다고 한다.

그동안 우리는 상어에게 너무 잘못을 범했다. 난폭성을 강조하여, 기피 어종으로 보았던 작금의 현실을 직시하고, 이제는 더불어 살아가며 보호해야 할 어종으로 생각을 바꿀 때이다. 아울러 상어에게 미안한 감정을 갖고 포획을 남발하는 우를 범하지 말아야 할 것이다.

"그동안 억울했던 상어야! 정말 미안하구나!"

물고기도 거울을
볼 수 있을까?

사람은 거울을 보면서 자신을 되돌아보고, 옷맵시나 얼굴 상태 등을 점검한다. 이를 통해 자아 존중감을 더욱더 높이기도 하고 잘못된 모습을 정정하니, 현대인의 필수품이라 할 수 있다. 인류 최초의 거울은 연못이나 호수일 가능성이 크고, 자기 필요로 소지할 수 있는 거울이 지금부터 팔천 년 전부터 있었다고 하니, 가히 장구하지 않다고 말할 수 없다.

역사 시간에 배운 청동기 거울을 지금도 기억한다. 검푸른 빛깔에 각종 문양이 새겨진 형태를 보면, 저 정도의 선명함으로 자기 모습을 어찌 보았을까 걱정했던 적이 있다. 그러나 그 당시에는 그것마저도 지배층이나 되어야 누릴 수 있는 행복이었을 것이다.

여기서 그럼, 과연 물고기들은 거울을 볼 수 있을까? 정답부터 먼저 말하면 '볼 수 있다'라는 것이다.

2019년 2월 8일 자 연합뉴스 보도에 따르면, 거울을 볼 수 있는 능력을 지닌 동물로는 침팬지, 코끼리, 돌고래, 까마귀 등이 있으며, 최근 일본 오사카 시립대 연구에 의하면 물고기도 가능한 것으로 결과가 나왔다. 농어목의 작은 물고기를 가지고 실험을 했다는데, 물고기를 넣은 물탱크에 거울을 설치하고 그 행동을 관찰했단다.

관찰 결과의 기사 내용은 다음과 같다.

"처음 이삼일 간은 거울에 비친 모습을 자기가 아닌 다른 개체로 인식한 듯, 공격하려는 자세를 보였다. 이후 거울 앞에서 거꾸로 뒤집는 자세를 취해 보는 등 거울 속 개체가 자신인지 확인하는 동작을 했다. 닷새 이후에는 이런 동작을 거의 보이지 않았으며 거울을 응시하는 동작이 증가했다. −(중략)− 고다 교수는 '물고기가 거울에 비친 게 자기라고 인식하지 않으면 이런 일련의 행동은 일어나지 않는다.'라고 지적했다. 이어 인간과 유인원보다 열등한 것으로 간주해 온 생물에 관한 생각을 근본적으로 새롭게 할 필요가 있음을 보여주는 상식을 뒤엎는 발견이라는 의미를 부여했다."

참으로 놀랍지 않은가? 아무리 미물일지라도 자기 자신을 깨달을 수 있는 지능을 소유했다는 거. 항상 우리는 인간 우월주의에 빠져 주위의 생물들을 아무것도 깨닫거나 느낄 수 없는 하찮은 미물로만 보지는 않았는가?

다시 한번 길가의 개미들도 눈여겨보게 된다. 그리고 그동안 미안하다는 생각이 든다. 만물에 영혼이 깃든다는 말이 있다. 보지 못한다고 해서 없다고 단정하거나 듣지 못한다고 하여 표현하지 못한다는 생각은 이제 버리련다. 그들도 자신만의 세상이 있으며, 그들 간의 소통 또한 있다. 나를 비롯한 인간들은 이들의 움직임과 표현에 이제는 관심을 가져야 할 때가 되었다.

사진 출처: ggbrgng.tistory.com 과거 보러 가는 길

고래밥,
플라스틱

2019년 2월 1일 중앙일보 기사(김지혜 기자)의 내용을 빌리면, 영국의 한 대학 해양연구소가 사체로 떠밀려온 고래를 비롯한 해양 거대 동물들의 내장을 조사해 본 결과, 전부 5㎜ 미만의 미세 플라스틱이 발견됐다고 한다. 직접적인 사인인가에 대해서는 앞으로 연구를 더 해보아야겠지만, 결코 그 죽음과 무관하다고 단정하기는 어려울 것이다.

미세 플라스틱은 대체로 옷, 어망, 칫솔, 식품 포장재, 플라스틱병 등에서 나온 것으로 추정하였다. 우리의 무분별한 플라스틱 사용이 고래밥이 되면서 간접적으로 손해를 끼쳤을 뿐만 아니라, 우리의 주된 먹거리인 생선 섭취에도 빨간불이 켜졌다. 최근에는 이러한 이유 때문인지, 물고기 먹이사슬 중 최상위 포식자인 참치를 먹지 않겠다고 하는 사람이 종종 생기고 있다. 가뜩이나 비싸서 큰맘 먹지 않고서는 먹기 힘든 참치를 먹지 않을 수 있는 핑계로 삼을 수도 있겠으나, 이 문제는 무릇 한 개인의 호불호 차원이 아니다.

최근 언론 보도를 통해, 북태평양에 두 개의 거대 쓰레기섬(Great Pacific Garbage Patch)이 형성된 것으로 알려져 있다. 이 인공섬들은 우리나라 크기의 열네 배 정도로 무게만 8t이란다. 1997년 환경운동가 찰스 무어에 의해 발견된 이래, 수많은 고래와 해양 생물들의 식량처럼 군림하면서 목숨을 빼앗아 간다고 하니, 가슴 아픈 일이다. 쓰레기섬 주위의 물고기를 채집해 내장의 성분을 분석한 결과 35%가 미세플라스틱을 머금었다는 것이다. 이 물고기들은 장 폐색, 섭식 장애 등의 현상이 나타났다는데, 이를 먹어야 할 몫은 고스란히 우리 인간들이니, 이 또한 걱정이다. 전 세계 백 명 중 교통사고로 한 해에 죽는 수가 0.0018명인데 반해, 놀랍게도 환경오염으로 인해 사망하는 수가 여섯 명 중 한 명이란다.

밸컴이 지은 『물고기는 알고 있다』(2016)의 311쪽부터 312쪽을 보면 다음과 같은 설명이 있다.

"물고기의 살은 모든 식품 중에서 가장 많이 오염된 것으로 악명이 높다. 물은 아래로 흐르기 마련이기 때문에 오·폐수는 먹이사슬의 밑바닥에 있는 생물들을 향해 흘러간 다음, 먹이사슬을 거슬러 올라가며 농축을 거듭하여 농도가 높아진다. 그리하여 모든 오염물질은 최정상 포식자의 조직에 쌓이게 된다. 산업혁명 이후 개발된 화학 물질 125,000개 중에서 85,000개가 물고기에서 검출되었다. 특정 집단(특히 임신부, 수유부, 어린이)의 경우, 수은 등 유해 화학 물질에 노출되는 것을 피하고자 특정 물고기의 섭취를 제한하도록 권고받고 있다. … 내과 의사 마이클 그레거에 따르면 '수은, 다이옥신, 신경독소, 비소, DDT, 푸트레신, 최종당화산물, 폴리염화비페닐, 폴리브롬화 디페닐에테르 그리고 처방 약품을 가장 많이 섭취하는 원천은 물고기.'라고 한다. 이러한 오염 물질들의 악영향 중에는 어린이 지능 저하, 정자 수 감소, 우울증, 불안증, 스트레스, 조숙 등이 있다."

현재로써는 브이 자형 울타리를 만들어 쓰레기를 취합해 수거할 예정이라고 한다. 비단 태평양까지 가지 않아도, 우리 한반도의 폐비닐과 플라스틱병들이 제주도와 일본 열도에서 흔히 발견되는 현상을 보면, 하루속히 플라스틱 불용 운동을 전개해야 할 때이다. 이제 자연과 가장 가까운 소재로, 자연의 식생들과 함께 공존할 수 있는 길은 찾아 나서야 할 시대이다. 개인 텀블러 사용, 아주 좋다. 개인 장바구니도 아주 좋다. 음식물 포장, 이제는 비닐보다는 종이 어떤가? 각종 생활용품이나 액세서리도 나무로 만들면 어떨까? 물론 생산원가가 비싸질 건 뻔하다. 그러나 정부에서 지원해주고, 우리도 점점 익숙해진다면 굳이 비닐이나 플라스틱 제품을 쓸 이유는 없다.[6]

6 2019년 2월 5일 자 서울신문(이석우 기자) 보도로는, 플라스틱 쓰레기가 보물이 된 인도의 사례가 나온다. 인도 공과대학에서 플라스틱 쓰레기를 아스팔트와 섞어 쓸 수 있는 기술을 개발해 인도 전역에 급속히 보급되고 있다는 것이다. 이러면서 아스팔트 가격이 삼 분의 일 이하 가격으로 저렴해지고 내구성도 향상되게 도로 건설을 할 수 있게 되었다는 것이다. 참으로 기쁜 일이 아닐 수 없다. 조속히 확장되기를 기대할 뿐이다.

1984년 동양제과 오리온에서 재미로 먹고 맛으로 먹는 과자, '고래밥'을 출시해 지금까지 대중들의 입맛을 사로잡고 있다. 과자 모양은 물고기, 고래, 거북, 문어, 오징어 등이다. 손톱 모양의 작은 크기로 속을 비게 했다. 어렸을 때, 이 과자 한 봉지를 사서 책상에 죽 쏟아놓고, 모양별로 나눠 내기했던 기억이 있다. 고래 모양이 많이 들어 있으면 이기고, 진 사람은 고래 모양의 고래밥 과자를 스무 개가량 줘야 했었다. 그때 친구들과 이 내기를 하면서 어지간히 다투기도 했었는데.

세간에 이런 우스갯소리도 있었다. '새우는 깡을 부리지만, 고래는 그냥 밥일 뿐이여.' 과자 생산업체의 양 산맥, 농심과 오리온의 자존심 대결이라 할 수 있는 '새우깡'과 '고래밥'을 겨냥해 생긴 말장난이었지만, 지금 시점에서는 새우깡의 완승이 아닐까 한다. 그러고 보니, 새우랑 고래는 참 비교가 많이 된다. 우리 속담에도 "새우 싸움에 고래 등 터진다."라고 하지 않던가.

여하튼 새우나 고래나 더 이상 인간 곁에서 멀어지지 말아야 할 텐데…. 지금 이 정도만이라도 함께 죽 같이 있기라도 했으면 한다. 이제 고래는 미세플라스틱을 밥으로 먹을 것이 아니라, 싱싱한 플랑크톤을 먹으며 그 입맛을 되찾아야 한다. 고래가 양질의 플랑크톤을 찾을 수 있는 그 날을 위해 인간들이여! 각성하고 노력하자. 지화자! 파이팅!

연체 어종들의
이야기

　　우리가 시장에 가면 어물전에서 흔하게 접하며 친숙
한 연체 어종들이 있다. 주꾸미, 문어, 낙지, 오징어, 꼴뚜기 등이 그것이
다. 서로 비슷하지만, 자세히 들여다보면 또 별개인 어종들이다. 다리 개
수도 엇비슷한데, 일반인들은 다리가 몇 개이냐에 따라 구별하기도 한다.

그럼 이 연체 어종들의 다리는 각각 몇 개씩일까? 주꾸미, 문어, 낙지는 8개, 오징어와 꼴뚜기는 10개이다. 그래서 8개의 다리를 지닌 어종들은 팔완목(八腕目), 10개의 다리를 지닌 어종들은 십완목(十腕目)이라고도 한다.

　　주꾸미는 주로 3월에 먹는데, 맑고 투명한 알이 마치 밥알처럼 생겨 별미로 인기가 있으며, 육질이 문어나 오징어보다는 부드러워 감칠맛이 있다. 흔히 '쭈꾸미'로 표기하거나 부르는데, 표준어는 '주꾸미'이다. 충남 서천과 무창포 등지가 산지로 유명하여, 축제까지 열린다. 백 그램당 1,305mg의 타우린이 들어 있단다.

　　문어는 바다 연안과 해저 깊은 곳에서 두루 서식하며, 심장이 세 개이다. 다리가 특히 유연하고 독자적으로 움직일 수 있다고 한다. 북유럽과 게르만 민족은 먹기를 꺼리는 어종으로 심지어 '악마의 물고기(Devil fish)'라고 불릴 정도이다. 이렇게 불리게 된 연유가 기독교라는 종교적 배경에서 비롯되었다는 설도 있다. 유대교에서도 지느러미와 비늘이 없어서 오징어처럼 먹기를 금한다. 끓는 물에 살짝 익힌 숙회를 주로 해서 먹는다.

　　낙지는 정약전의 『자산어보』에도 사람의 원기를 돋우는 것으로 등장하며, 다 아는 바처럼, "야윈 소까지 벌떡 일어나게 한다."라는 것이 바로 낙지이다. 날것으로 먹는 것이 일반적이다. 서양에서 혐오하는 어종인데, 우리는 이를 산 채로 먹으니, 그 모습에 많은 서양인이 기겁한다. 특히 전남 무안이 산지로 유명하다. 같은 동양권인 일본과 중국에서도 흔히 먹지 않는다고 하며, 한국만 유일하게 즐겨 먹는 어종이라고 한다.

오징어, 옛날부터 우리 조상들도 즐겨 먹던 어종. 과거엔 '오적어(烏賊魚)'라고도 불리었다. 촉완(觸腕)이라는 2개의 다리가 더 있어 문어와는 구별된다. 낙지와 같이 심장이 3개이다. 오징어 먹물로 옛 선비들이 글을 썼다는 설도 있으나, 일주일가량이면 휘발성으로 인해 소실되기에 그럴 가능성은 희박하다. 회로도 먹지만, 젓갈, 건조 등의 방식으로 다양하게 먹는다.

마지막으로 꼴뚜기. 주로 남해안에 서식하며, 그 크기가 작아 연체어종 중에서 가장 푸대접을 받는다. "어물전 망신은 꼴뚜기가 시킨다."라는 속담이 있을 정도이다. 젓갈이나 말려서 어포 형태로 먹는 것이 일반적이다.

연어 도둑

지금부터 30년 전쯤이다. 그때 충남 해안의 실업계 고등학교에서 근무했었다. 그 학교에서 교육 과정상 1년에 한 번, 한 반씩 수산업 분야의 선진지를 견학하는 행사가 있었다. 시월 말, 일박 이일의 일정으로 '포항–영덕–백암온천(1박)–주문진–양양–논산' 등을 돌면서 수산업에 관련된 여러 기관이나 장소를 탐방하는 것이었다.

당시 공부에 관심 없는 아이들이 많아 견학 자체에도 별 관심은 없었지만, 멀리 여행하는 방식의 행사라 아이들은 출발 전부터 들떠 있었다. 집 안의 얌전한 고양이도 집 나가면 천방지축의 천둥벌거숭이가 되는 것처럼, 아이들도 마찬가지였다. 착한 천성을 가졌지만, 나가면 그 에너지를 감당하지 못하는 경우가 종종 있어, 담임으로 나선 내 마음은 출발 전부터 긴장이었다. 출발하자마자 사고 예방 차원에서 일정 진행 중에 꼭 지켜야 할 사항을 버스 안의 마이크로 두세 번 강조했다. 특히 음주와 흡연이 걱정되고 일정의 순조로운 진행을 위해서 승차 시간을 정확히 지키는 것이 관건이었다. 당시 담배와 술은 지금처럼 '청소년 보호법'이 없었던 때이라 슈퍼마켓에서 손쉽게 구할 수 있어 긴장의 끈을 놓을 수 없었다.

제일 처음 도착한 곳은 포항의 대단위 광어 양식장. 광어는 순우리말로 '넙치'라고 하며, 흰 살 생선 횟감으로는 단연 최고인 어종이다. 양식장 해설 도우미로부터 우리나라 광어 생산의 90%가 양식이며, 자연산보다 양식산이 아미노산을 비롯한 영양소와 미각의 측면에서도 훨씬 낫단다. 양식장 견학 후 정시 탑승을 신신당부했으나 첫 코스부터 삼십 분 정도 출발이 지연되었다. 아이들에게 다시 한번 주의하라고 경고하였다. 꼭 승차 시간을 지켜달라고.

다음에 도착한 곳은 영덕의 ○○해양연구소였다. 수산생물 개관, 수산업 현황, 바닷물고기 생태 등에 대해 해설을 들은 후, 정시 승차를 그렇게 당부했건만 또다시 이십 분이 늦어서야 출발하였다. 당일 들를 곳은 많고 시간도 빠듯해 조급함에 발을 동동 굴렀었다. 당일 저녁 숙소에 예정보다 무려 한 시간 반이나 늦게 도착했다. 안전 운전을 책임지신 기사님께도 많이 송구했다.

이튿날 아침, 출발 예정 시간 여덟 시를 역시 못 지키고 삼십 분 늦게 출발하였다. 첫 시작부터 지연이었다. 주문진에 있는 수산고등학교를 방문했다. 결연 학교라 이것저것 융숭한 대접을 받았다. 동병상련이랄까. 아이들끼리도 서로 곰살궂은 모습으로 구순하게 지냈다. 학교 방문을 마치고 양양으로 향했다.

시월 말경은 양양의 남대천에 연어 떼들이 모천회귀 본능으로 돌아오는 때라 이를 직접 관찰하는 일정이었다. 남대천 개어귀에서 한 마장 정도의 거리인 둔치에서 버스를 세우고 하차 전 주지를 시켰다.

"너희들, 이번에도 승차 시간을 어길 시 앞으로 모든 일정은 취소하고 곧장 학교로 복귀하겠다."

사실 그렇게 할 수 없지만, 이렇게라도 엄포를 놓아야 했다. '이러면 승차 시간을 잘 지키겠지.' 했다.

아이들은 하차 후 이곳저곳 제 맘대로 삼삼오오 짝을 지어 남대천을 훑었다. 좀 여유롭게 둘러보고 싶은 욕심에 아이들과는 반대편으로 발길을 옮기며 남대천 바닥을 살폈다. 무릎에 찰까 말까 하는 수심에 물은 너무 맑았고, 잔돌과 모래로 바닥은 깔끔하며 정갈했다. 그 물속에서 뭔가 꿈틀거렸다. 얼비친 그곳을 찬찬히 보는 순간, '와! 저게 연어란 놈이구나.'하는 탄성이 절로 나왔다. 팔뚝보다도 긴 길이의 연어. 오년 동안 저 멀리 남태평양까지 갔다가 죽을 때가 되면, 알을 낳기 위해 태어난 강 상류로 온다는 연어. 그 먼 곳에서 왔으니, 힘이 빠질 만도 하지만, 여전히 최후의 여력을 발휘하며 허우적거리는 연어의 모습. 대견스럽다가도 측은하고. 다시 탄생지로 오면서 굶주림과 삼투압의 고통을 달게 이겨냈던 그 숭고함. 은백색의 뽀얀 비늘에 거무스름한 줄무늬를 옆에 두르고 마지막 산란 장소를 찾기 위해 분투하는 연어를 보면서 한 마리를 냉큼 안아 보고 싶었다.

바지를 무릎까지 걷고 남대천으로 들어갔다. 수온이 차가웠다. 물밖에서 몇 보이지 않던 연어가 발을 들여놓고 보니 아주 지천이다. '노다지란 말이 바로 이런 것이구나!' 했다. 눈앞에 일 미터는 족히 될 만한 놈이 힘겹게 꼬리지느러미를 놀렸다. 손을 넣어 잡으려는 순간 뒤통수에서 큰 소리가 들렸다.

"연어 도둑 잡아라! 연어 도둑 잡아라!"

건장한 아저씨 셋이 손에 몽둥이를 들고 나를 향해 쫓아오면서 외치는 소리였다.

'연어 도둑이라니. 물고기가 무슨 주인이 있나? 물고기를 잡는데, 도둑이라니!'

서서히 이상한 낌새를 느끼며 남대천 가로 나왔다.

"당신이 바로 그 연어 도둑이구먼. 같이 갑시다."

튼실한 아저씨 셋에 연행되어 100m 가량 떨어진 임시 건물에 끌려갔다. 영락없이 연어 도둑으로 몰렸다. 당시 남대천의 연어들은 이분들이 알을 인공 수정하여 치어(稚魚)로 키운 후 오 년 만에 수확한다는 것이다. 그렇지 않아도 누가 자꾸 연어를 훔치는 것 같아 망을 보면서 그 도둑을 잡으려던 차에 내가 때마침 걸려든 상황.

우선 도둑 누명을 벗기 위해 공무원증을 제시하고 아이들 인솔 교

사임을 밝혔다. 오늘 처음 이곳에 온 사람이고, 난 물고기가 주인이 있는 줄 전혀 몰랐다고 해명했다. 그때야 누명을 벗고 그분들에게 사과받았다. 물론 내 실수도 인정하고 용서를 구했다. 서로 오해를 풀고 그분들이 사과의 의미로 연어처리장을 보여주셨다. 얇고 날카로운 칼로, 잡아놓은 연어의 배를 갈라, 오렌지색 연어 알을 담아냈고, 연어 알은 횟집 밑반찬이나 인공수정을 위해 소중히 다뤄졌다. 알 뺀 연어는 마치 오징어를 말릴 때처럼 긴 줄을 매어 놓고 덕장처럼 건조를 시켰다. 연어는 당시에 고급 어종으로 산지 가격이 이만 원이며, 한 배에 무려 삼천 개의 알을 낳는다는 설명을 덧붙였다. 이러는 사이 그 임시 건물로 아이들 둘이 뛰어 들어왔다.

"선생님, 여기 계셨군요?"

'아차! 깜박했구나!' 하며 시계를 들여다보았다. 예정된 시간보다 삼십 분이나 지났다. 이어서 아이들의 말했다.

"선생님, 왜 그렇게 속을 썩이세요? 선생님 때문에 차가 출발 못 하고 기사 아저씨가 화가 대단히 났어요."

연어처리장에 계신 분들께 급히 작별을 고하고, 헐레벌떡 차로 향했었다. 그리고 학생 무리가 흥얼대는 지청구를 무수하게 들어야만 했다.

승차할 때 어뜩비뜩한 표정으로 내게 으름장을 놓았던 그 괘씸했던 놈들이 이젠 불혹을 넘긴 중년이다. 요즘도 가끔 안부를 전하기도 하고, 찾아오기도 한다. 그리고 소주잔을 기울이면서 지금도 그때 일을 곱씹는다. 그러면서 낄낄대며 웃곤 한다.

붉은 살 생선과
흰 살 생선

우리가 흔히 붉은 살 생선이라 하면, 고등어나 참치가 퍼뜩 떠오른다. 그리고 흰 살 생선이라 하면 역시 광어나 가오리 종류가 떠오르고. 붉은 살은 왠지 헤모글로빈이 더 많이 포함되어 있어, 고단백일 것 같고, 흰 살은 담백한 것이 특징인 것으로 생각해 왔다.

통상 붉은 살 생선은 주로 먼 거리를 헤엄치며 사는 어종으로 지방질이 풍부한 편이며, 흰 살 생선의 경우는 한정된 지역에 서식하는데 이 때문에 육질이 쫄깃쫄깃하다는 것이다. 물론 색깔의 차이 때문에 단백질 함량에는 큰 차이가 없단다.

붉은 살 생선으로는 방어, 꽁치, 전어, 멸치, 정어리 등이 있으며, 흰 살 생선으로는 도미, 우럭, 조기, 명태, 박대 등이 있다. 붉은 살 생선은 살 속에 추측대로 헤모글로빈, 미오글로빈 등을 함유하고 있어 붉게 보이며 지방 함량이 훨씬 많아 부드럽고 풍부한 맛을 내는 것이 특징이다. 미오글로빈은 헤모글로빈이 운반한 산소를 받아서 근육 속에 저장하였다가 필요할 때 공급하는 역할을 하는 단백질 색소라 한다. 또한, 붉은 살 생선은 혈압을 낮추고 심장 질환을 예방해주기도 한다.

흔히 두뇌 발달에 도움을 주고 순환기 계통과 성인병 예방에 좋은 DHA, EPA 등의 불포화지방산은 붉은 살 생선에 많이 들어 있단다. 대체로 흰 살 생선보다 영양 측면에서는 붉은 살 생선이 우수하다고 한다. 그러나 붉은 살 생선에는 아미노산의 일종인 히스타민 함량이 높아 식중독의 원인이 되기에 십상이기에 잡은 후 바로 먹거나 급랭의 방식으로 저장하는 편이다. 붉은 살 생선은 등이 푸르고 배가 하얀 것이 일반적이다.

흰 살 생선은 근육의 수축이 빠르고 순간적인 민첩성도 뛰어난 물고기들로, 붉은 살에 비해 수분과 단백질 함량이 높고, 콜라겐도 많아 육질이 단단하여 식감이 쫄깃한 편이며 담백한 맛이 나, 다이어트용으로도 적합하다는 것이다. 지방 함량은 대체로 5% 이하에 불과하단다. 통상 흰 살 회와 붉은 살 회가 동시에 나올 경우, 담백한 흰 살 생선회를 먼저 먹고, 그다음에 진한 맛이 풍기는 붉은 살 생선회를 먹어야 좋다고도 한다.

여기서 잠깐! 그럼, 우리가 흔히 먹는 연어는 무슨 빛깔 생선일까? 정답부터 말하면 흰 살 생선이란다. 연어는 아스타크산틴이라는 적색 색소를 가지고 있어, 맨눈으로 보기에는 붉은 살 생선처럼 보이나, 엄밀히 이야기하면 흰 살 생선이란다. 이는 게나 새우도 같은 이유로 붉게 보이지만, 흰 살인 것과 같은 이치이다.

일반적으로 붉은 살 생선은 매운탕이나 국, 구이용으로, 흰 살 생선은 회로 먹는 것이 좋다고 하는데, 이는 그냥 참고만 할 뿐이다. 회나 국이나 없어서 못 먹지 어느 색의 생선이든 내 눈앞에 가져와 봐라. 알아서 다 환장할 정도로 맛있게 먹을 수 있으리니.

물고기 비늘의
비밀

모든 사람은 의복을 입는다. 추위를 막거나 외부의 상해로부터 보호하고, 최근에는 개성을 두드러지게 표출하는 역할까지 한다. 물고기에게도 의복은 있으니, 바로 비늘이 그것이다. 물고기들의 비늘은 의복의 역할뿐만 아니라 나무의 나이테와 같기도 하다. 물고기 연구자들은 비늘의 크기와 빛깔을 보고, 그 나이를 추정한다고 하니 말이다.

비늘도 크게 네 가지가 있다는데, 꽁치, 정어리처럼 가장자리가 동그랗고 매끄러운 '둥근 비늘', 도미 종류처럼 표면에 작은 가시가 많이 있는 '빗비늘', 상어와 같이 널빤지처럼 생긴 모양으로 이의 겉을 덮어 상아질을 단단하게 보호하는 돌기가 달린 '방패비늘', 철갑상어처럼 '단단한 비늘', 전갱이처럼 몸체 뒤에 있는 '모서리 비늘' 등이 있다. 성분은 칼슘, 경단백질 콜라겐, 이크티레피딘[7] 등으로 이루어졌다.

대체로 민물에서 흔히 볼 수 있는 붕어나 피라미는 둥근 비늘이다. 아버지께서는 유독 이 비늘을 좋아하셨다. 민물 생선 매운탕을 위해 물고기를 손질할 때, 흔히 남들은 비늘을 제거한다. 비늘에서 비린 맛이 난다고 생각해서이다. 그러나 아버님은 이 비린내를 즐기셨다. 비늘을 고스란히 둔 채 그릇에 넣어 바특하게 끓이셨다. 매운탕의 별미는 오히려 이 비린내 때문이라며 즐기시는 것이다. 작은 물고기일 경우는 그렇지 않지만, 큰 물고기인 경우, 이 비늘을 먹기가 여간 고역이 아니다. 얇고 딱딱한 것이 이에 잘 끼고, 이물감으로 꺼칠꺼칠한 것이 혀 감촉에 썩 좋지 않기 때문이다.

그런데 사실 이 비린내는 물고기 전문가들의 연구에 의하면 상온에서 분해성 박테리아에 의해 나타나는 것이라 한다. 수온에 비해 상온

7 콜라겐과 같은 건조 유기 성분이라고 한다.

이 따뜻해지면 분해 박테리아의 행동이 왕성해지면서 냄새와 맛으로 나타난다는 것이다. 그래서 이 비린 맛이나 냄새를 없애려면 먹기 전에 식초나 레몬즙처럼 산 성분을 투입하면 비린내가 중화되어 휘발성이 없어지면서 사라진다고 한다.

그런데 말이다. 어릴 때 그렇게도 싫던 비린 맛이 중년인 요즘은 그렇게 향긋하니 좋다. 아버지께서도 세월에 묻어나온 미각이셨다. 우리 아들도 아직은 비린 맛을 어릴 적 나처럼 그렇게 싫어한다. 그러나 이를 탓하지 않으련다. 그 아이도 내 나이쯤 되면 아버지와 나처럼 스스로 느낄 때가 올 것이라 장담하니까. 진정한 성인이 되었다는 징표를 비린내를 좋아하는 시점으로 삼아야 할까 보다.

머리 좋은
물고기는?

물고기 중에서 가장 머리가 좋은 어종은 무엇일까? 다 아는 바처럼 '돌고래'가 그 주인공이다. 돌고래의 '돌'의 어원에 대해 두 가지 설이 있는데, '돌(石) + 고래'에서 왔다는 설과 돼지의 고어(古語)인 '돝'에서 왔다는 설이 있다. 정약전의 『자산어보』에 돌고래가 '해돈(海豚), 강돈(江豚), 해저(海猪)' 등으로 나오는 것을 참고하면 돼지와 비슷한 고래라는 '돝고래'에서 온 것이 신빙성이 높다.

돌고래의 IQ는 90가량으로, 초음파를 이용해 상호 소통 능력이 발달할 정도의 지능을 지녔다. 참고로 조류 중에서 앵무새나 까마귀 종류가 40 정도의 IQ로 가장 머리가 좋으며, 인간의 반려동물로 친한 고양이나 개도 60 정도의 IQ를 가지고 있단다. 인간을 제외한 동물 중 역시 단연 최고의 천재는 침팬지이다. 거의 IQ가 100에 가깝다니 말이다.

　고대 그리스 신화에서 포세이돈의 충실한 신하요, 혼령을 운반하는 사자(使者)로 여겨졌던 돌고래. 길어야 50년을 살며 각종 놀이공원에서도 어린이들의 친한 동물로 사랑을 받는 돌고래.

　몇 년 전 제주도 여행을 간 적이 있다. 제주도 연근해를 배도 유람하는 일정이 있었는데, 그때 우연히 노니는 돌고래 떼를 보았다. 반원을 그리며 해수면을 팔짝팔짝 뛰는 모습에 탄성을 내질렀다. 선장의 말로는 오늘 유람선 타신 분들은 1년에 몇 번 볼까 하는 진풍경을 보게 되었다며 너스레 떨고 난리였었다. 10여 마리가 대와 열을 지어 뛰노는 모습을 보니, 한없이 사랑스럽고 환상적이었다. 돌고래 떼들이 우리 인간들에게 자기 묘기를 보이려는 서커스단처럼 말이다.

　최근 돌고래 쇼를 두고, 동물 보호 단체에서 동물 학대에 대해 문제를 제기하고 있다. 2019년까지 완공을 목표로 둔 부산의 '아쿠아월드'에도 대규모 돌고래쇼장까지 들어선단다. 아시아 최고의 규모로 콘도미니엄까지 갖춘 휴양 시설이라는데, 이미 영국을 비롯한 유럽의 선진국에서 중단하고 있는 돌고래쇼장을 아직도 우리나라에서는 대규모를 자랑하며 진행하는 모습에 씁쓸함만 일어난다. 돌고래는 하루에 보통 160㎞를 돌아다니며 지능까지 뛰어난 동물임에도 불구하고, 인간의 탐욕이 그들을 수족관이라는 밀폐된 공간에 가두는 것이다. 이러한 돌고래 쇼가 과연 누구를 위한 쇼이며, 어떠한 개체의 자율권을 박탈하고 즐기는 쇼가 과연 교육의 장으로 인정될 만한 가치가 있는가는 문제이다.

인간은 신이 아니다. 따라서 어떤 생물을 대상으로 생사여탈(生死與奪)의 권한은 없다. 자연은 그대로 있을 때가 가장 좋은 것이다. 인간도 기껏해야 한 백 년 이 세상에 잠깐 머물다 갈 뿐이다. 자연의 주인공은 과연 누구일까? 바로 객체 하나하나가 모두 주인공이고 주체이다. 따라서 수족관에서 이루어지는 돌고래쇼는 이제 문화 선진국으로 우리나라가 나아가기 위해 재고할 때가 아닌가 한다.

고기잡이의
과거와 미래

인류에게 고기잡이는 언제부터 시작되었을까? 70만 년 전부터 우리나라에 구석기가 시작되었다는데, 당시의 동굴 벽화 등에 어로 행위의 모습을 담고 있는 걸 보면 그 역사는 자못 오랜 듯하다. 문헌을 참조해 보니, 현재까지 인류의 가장 오래된 낚싯바늘은 16,000년에서 23,000년 전으로 거슬러 올라가며, 가장 오래된 그물은 1913년 핀란드의 한 어부가 질퍽거리는 목장에서 배수로를 파다가 발견된 것이라 한다. 버드나무 섬유 재질 그물로 길이 30m, 너비 1.5m라 하는데, 탄소연대 측정 결과 1만 년 전 것이다.

인류의 생존 역사와 궤를 같이해 온 것이 고기잡이이지만, 인류는 그동안 수없이 많은 물고기를 생존을 위한 제물로 삼아왔다. 유엔 식량농업기구(FAD)의 자료에 따르면 2009년 1인당 물고기 소비량은 18.5kg으로, 1960년대의 연간 10kg에 비하면 거의 두 배가 증가하였다. 지금부터 10여 년 전의 소비량이니, 지금은 아마 30kg에 육박하지 않을까. 이는 인류가 매년 1조에서 2조 7,000억 마리의 물고기를 살해한다는 것인데, 1조 마리의 길이를 쉽게 물고기 한 마리당 1달러 지폐 크기로 환산하면 지구에서 태양까지 왕복하고도 2,000억 마리가 남을 정도란다.

이토록 물고기와 인류는 동행하며 변천하는 과정이 밀접한데, 물고기와 상생하기 위해 인간은 얼마나 노력을 해왔는가? 최근 유럽의 선진국을 중심으로 물고기의 존재 가치를 인정하기 시작하였으니, 참으로 다행이다.[8] 유럽의 일부 지역에서는 쓸쓸한 어항에 사회적 동물로 한 40년까지 살 수 있는 금붕어를 한 마리만 기르는 것이 금지되어 있

8   밸컴(2017), 『물고기는 알고 있다』, 320~320쪽 참조

고, 2008년 4월부터 스위스에서는 낚시꾼들이 인도적으로 물고기를 잡는 방법의 연수를 이수해야만 낚시를 할 수 있다. 네덜란드에서는 물고기를 기절시키거나 도살하는 방법을 개선해야 한다는 의견을 정리하고, 물고기 보호 단체를 중심으로 이를 제대로 실행하기 위해 각종 로비 활동과 홍보를 겸하고 있단다. 2013년에 제정된 독일의 법에 따르면, 모든 물고기를 도살하기 전에 마취하도록 규정하고, 살아 있는 피라미를 미끼로 사용하지 못하도록 했다는 것이다. 2010년 노르웨이의 경우에는 이산화탄소를 이용해 물고기에게 충격을 가하는 것을 금지하고, 이에 따라 80% 이상의 물고기 도살 장비가 전기식이나 공압식으로 교체되었다고 한다. 뉴질랜드는 현재 물고기 치수까지 재는 자까지 있어 엄격한 자연보호법이 제정되어 있다.

우리나라의 경우는 어떤가? 1988년 서울올림픽 전후, 개고기 식용에 대한 논란이 깊어지자 부랴부랴 1991년에야 제정된 〈동물 보호법〉(법률 제4379호)이 있다. 동물에 관한 학대 행위 방지 및 보호와 관리를 위해 필요한 사항을 규정한 것으로, 동물의 생명 보호와 존중을 그 중심으로 삼았다.

이에 대해 일부에서는 다음과 같은 주장도 한다. '음식 재료로서의 동물 사용 금지는 생태계 법칙 중 하나인 먹이사슬을 근본부터 부정하는 처사로, 지성을 지닌 인간이 이를 부정하는 것 자체가 인간은 다른 동물과 다르다는 우월적 입장일 뿐이며, 이는 오히려 인간의 오만'이라는 것이다.

또 우리에게 약칭 야생 생물 보호법(야생동물 보호 및 관리에 관한 법률, 2018년 10월 16일 시행)이 얼마 전 제정되었다. 이 법률 제3절 제19조에는 야생생물의 포획, 채취 금지 등을 두고 있다. 그러나 이 법률의 적용과 시행이 과연 적절하게 진행될 것인지는 앞으로 지켜볼 일이다.

환경과 인간, 서로 아끼고 보살피며 나아가야 할 공존의 대상이다. 어느 것이든 만용을 부릴 때 큰 재앙을 벗어날 수 없는 것은 당연지사이다. 서로 상생하는 삶, 이것이 모두 살 수 있는 유일한 길일 뿐이다.

우리 집
열대어

　　귀가하면 아내와 단둘이 단출하게 지낸다. 삼 남매를 낳아 키웠는데, 모두 대학생이라 밖에 나가서 산다. 결혼하고 이십여 년 만에 아내와 더불어 사는 시간이 참 소중하고 고맙다. 그런데 이 년가량 그렇게 살다 보니, 뭔가 적적한 면도 한 편 있다. 그래서 대형 마트에서 시장을 보러 갔다가 우연히 열대어 두 쌍을 샀다. 한 쌍은 컬럼비아 테트라, 다른 한 쌍은 블루컬러 테트라.

　　컬럼비아 테트라를 직사각형의 어항 속에 집어넣고 어항 위에는 덩굴로 항상 푸른 스킨답서스를 얹었다. 어항 밑에는 보석돌 몇 알도 깔아주었다. 크기는 이삼 센티미터로 배지느러미와 꼬리지느러미가 주황빛을 지녔다. 유선형으로 일반적인 물고기 형태이다. 언뜻 보면 피라미하고도 엇비슷하다. 단돈 이천 원으로 한 쌍을 산 것인데, 물고기 상인 이야기로는 수돗물에서도 잘 자라고 병도 없어 물만 가끔 갈아주

면 된다고 했다. 게으른 나에게는 안성맞춤이라 선뜻 사버렸다. 아내
는 나중에 죽이기라도 하면 소중한 생명에게 죄짓는 일이라고 만류했
지만, 휑뎅그렁한 집 분위기를 반전시키기엔 더할 나위 없는 방법이라
생각해 고집까지 피우면서 구매를 감행했다.

블루컬러 테트라도 한 쌍에 오천 원을 치르고 구매했다. 약간 몸빛
이 푸른빛을 지녀, 이름이 그런가 보았다. 유선형이되, 도미처럼 뭉뚝
한 형이다. 두께가 얇아 몸을 햇빛에 비추면 속이 드러나 보이는 반투
명체이다. 이 또한 컬럼비아 테트라처럼 게으른 사람이 키우기 딱 좋
은 종이란다.

열대어 두 쌍이 우리 집에서 산 지 근 2년이 다 되어 간다. 처음 집
에 들일 때보다 몇 밀리미터 컸는지 모르겠으나, 그냥 봐서는 처음 때
모습 그대로다. 아무 탈 없이 가족처럼 잘 지내왔다. 네 마리에게 각각

이름을 지어 주었다. '첫째, 둘째, 셋째, 넷째'라고. 어떤 대단한 의미를 내포한 이름을 지어 줄까도 망설였지만, 그냥 편하게 무의미한 것도 또 의미가 있겠구나 싶어 단순하게 지은 것이다.

물고기 밥은 어분과 효소 등으로 구성된 과립형을 구매해 주고 있는데, 하루에 한 번, 저녁 일곱 시경에만 준다. 물고기도 숙달이 돼서 저녁 일곱 시만 되면, 어항 속을 유독 바지런히 쏘다니며 첨벙첨벙 수면 위로 튀어 올라 밥줄 시간임을 알린다. 반복된 학습으로 물고기가 식사 시간을 뇌리에 각인한 듯하다. 하찮은 미물로 치부할 수 없는 생존 유지 본능. 밥을 주기 위해 어항으로 향하면 마치 고맙다는 인사라도 하듯 꼬리 치는 열대어 네 마리를 본다. 신기하기도 하고 대견스러워 입꼬리가 쭉 올라간다. '아이고, 너희들도 먹고살겠다고 그러니? 하는 짓이 참 고결하구나.'를 마음속에 몇 번 뇌까린다.

열대어 네 마리 키우기는 고스란히 내 몫이다. 아내는 별 관심이 없다. 퇴근 후에 첫째부터 넷째 열대어에게 뭐라 뭐라 이야기를 걸면, 옆에 서 있던 아내는 피식 코웃음을 짓는다. 자기보다 열대어한테 더 관심을 둔다며, 엉뚱한 질투까지 내비친다. 그러거나 말거나 나는 열대어에 대한 열정과 관심을 표하면 그만이다.

가끔 업무상 출장을 갈 때가 있다. 짧게는 일박이지만, 때에 따라서는 삼 박, 사 박이 될 때도 있다. 그럴 때면 걱정되는 게 열대어 밥이다. 저녁 일곱 시 무렵에는 꼭 줘야 하는데. 집으로 아내에게 전화를 걸어, 물고기 밥 꼭 챙겨달라고 신신당부를 한다. 아내는 자기보다 물고기가 더 먼저냐며 시기를 하지만, 아쉬운 쪽이 나이니, 아내에게 사정 조로 부탁한다. "당연히 당신이 최고고 먼저지. 그까짓 물고기가 뭔 대수냐."라고 응대해 준다. 전화 너머로 아내의 만족한 미소가 그려진다.

'첫째부터 넷째야! 너희들이 이해해라. 사람도 정 주고받는 것을 그토록 좋아하니, 너희들도 그 정도 사리는 분별할 수 있을 거야.'

억울하게 선조와
연결된 도루묵

도루묵은 동해안 지역, 특히 경북 울진 이북과 강원도 일대, 함경도 연안에서 흔히 잡히는 물고기이다. 과거 조정에서조차 도루묵을 맛보기가 쉽지 않았다는 기록이 전하는 것으로 보아, 양반들도 흔히 맛보지 못했던 귀한 물고기였다. 조선 정조 때 박영원의 문집『오서집(梧墅集)』에도 선비 집안의 제사상에 올랐다는 기록도 있을 정도이다.

초겨울 11월부터 알을 꽉 채운 도루묵이 잡히기 시작하면, 한반도가 도루묵구이와 알탕으로 떠들썩하다. 일본에서는 '하타하타즈시'라는 초밥으로도 유행한다. 2015년부터 어획량이 많아지면서 초겨울 국민 생선으로 위상이 올라갈 정도이다.

잘 알려진 것처럼, 도루묵은 재미있는 일화가 전한다. 선조의 피난길

과 연관해서 이야기가 전해지는데, 그 내용은 이렇다.[9]

"임진왜란이 일어나자 선조가 북쪽으로 피난길을 떠났다. 배가 고팠던
선조가 수라상에 올라온 생선을 맛있게 먹은 후 그 이름을 물었다. '묵'이
라는 생선이라고 하자 맛있는 생선에 어울리는 이름이 아니라며, 즉석에
서 은어(銀魚)라는 이름을 하사했다. 전쟁이 끝난 후 환궁한 선조가 피난
처에서 맛보았던 은어가 생각나 다시 먹어보았더니 옛날 그 맛이 아니었
다. 형편없는 맛에 실망한 임금이 역정을 내면서 '도로 묵이라고 불러라.'라
고 해서 도루묵이라는 이름이 생겼다."

그런데, 여기서 잠깐 짚어보고 갈 사항이 있다. 선조는 도루묵을 먹
을 수 있는 곳인 동해안 근처로 몽진(蒙塵)을 한 적이 없다. 임진강을
건너 평양을 거쳐 의주로 갔으니 실제 피난길에서 도루묵을 먹었을 가
능성은 전혀 없다. 실제로 도루묵의 유래가 적힌 조선 시대 문헌에도
선조가 도루묵을 먹었다는 기록은 보이지 않는다.

도루묵의 유래에 대한 최초의 언급은 허균이 쓴 전국 팔도 음식 평
론서 『도문대작』에 실려 있다. 은어를 설명하는 대목에서 이렇게 서술
한다.

"동해에서 나는 생선으로 처음에는 이름이 목어(木魚)였는데 전 왕조에
이 생선을 좋아하는 임금이 있어 이름을 은어라고 고쳤다가 너무 많이 먹

9   윤덕노(2014), 『음식으로 읽는 한국 생활사』(깊은 나무)의 내용을 참조하였다.

어 싫증이 나자 다시 목어라고 고쳐 환목어(還木魚)라고 했다."

환목어란 순우리말로 풀어 보면 '도루묵'이다. 또 허균이 전왕조(前朝)라고 했으니 도루묵이라는 이름을 만든 주인공은 선조가 아니라 바로 고려 때의 어느 임금이다.

1904년 4월 9일 자 「황성신문(皇城新聞)」에는 그 임금이 '인조'라고 제시했으나, 이 또한 잘못된 주장이다. 정조 때 이의봉의 『고금석림(古今釋林)』에도 고려 때의 어느 임금이라고만 기록되어 있다고 한다.

그러면, 고려 때 개성을 버리고 피난을 간 임금들을 알아보자. 11세기 때 거란족 침략으로 전남 나주까지 피난한 고려 현종이 있고, 13세기에는 몽골의 침략으로 강화도까지 피난한 고려 고종이 있다. 14세기에는 홍건적의 난으로 경북 안동까지 피난한 고려 공민왕이 있다. 그러나 세 임금 모두 동해안 근처에는 얼씬도 하지 않았다.

그럼 조선 시대에는 어떠했는가? 16세기 말, 선조가 임진왜란 때 피난을 갔는데 함흥으로 갈까 의주로 갈까 망설이다 결국 의주로 떠났다. 그리고 17세기 인조가 세 차례에 걸쳐서 한양을 비웠는데 정묘호란 때는 강화도로, 병자호란 때는 남한산성, 그리고 이괄의 난 때는 충청도 공주로 몸을 숨겼다.

결국, 고려 왕조 때나 조선 왕조 때나 도루묵이 잡히는 고장인 동해안으로 피난을 떠난 임금은 단 한 명도 없다. 따라서 선조가 명명했다는 도루묵 어원설은 민간 어원에 불과한 것이다. 어원적으로도 '도루묵'은 16세기 문헌에 '돌목'으로 나오는데, 도루묵은 돌목이 변한 것이다. '돌목'에 'ㅜ'가 개재되어 '도루목'이 되고, 이어서 제3음절 모음 'ㅗ'가 'ㅜ'로 앞 음절의 음성모음에 동화되어 도루묵이 된 것이다.

도루묵의 또 다른 이름인 은어도 그렇다. 배고픈 임금이 너무나 맛이 좋아 은빛이 도는 물고기라는 뜻에서 은어(銀魚)라는 이름을 하사했다고 하지만 조선 정조 때 서유구가 쓴 『난호어목지』에는 이름의 유래가 다르게 적혀 있다.

"물고기의 배가 하얀 것이 마치 운모 가루와 같아 현지 사람들이 '은어'라고 부른다."

이런 기록을 보면 은어는 임금이 하사한 명칭이 아니라 현지인들이 부르는 이름이었다.

그러니 결국 이렇게 정리해야겠다. 도루묵과 관련된 선조의 이야기는 후세에 나라를 지키지 못한 임금을 원망하는 차원에서 견강부회(牽强附會) 형태로 유래된 것이며, 은어라는 본명도 현지인이 부른 이름을 이야기 속에 접목한 것으로 판명된다.

나라를 지키지 못한 선조에게 도루묵을 연결한 백성의 조용한 아우성에 씁쓸함이 일어남과 동시에, 민심(民心)은 천심(天心)임을 새삼 느끼게 하는 일화이다.

홍어와
간재미

우리나라 충청도, 경기도, 전라도 일대에서 '간재미'로 부르는 마름모 모양의 납작한 물고기가 있다. 올바른 표현은 '가오리'인데, 이 가오리에는 홍어, 노랑가오리, 상어가오리, 흰가오리, 목탁가오리, 전기가오리, 가래상어 등이 있다. 사투리로 간재미라 하는 것은 홍어를 뺀 나머지 것들을 주로 그렇게 부르며, 다른 것들보다 흔하게 잡히는 상어가오리를 특히 간재미라 일컫는다고 한다. 그렇게 보니, 가오리는 홍어와 홍어가 아닌 가오리류(속칭 간재미)가 있는 것이다.

그런데 같은 가오리류이지만, 홍어와 간재미는 먹는 방법이 완전히 다르다. 홍어는 상온에 두어 표피에 있는 요소가 암모니아 발효를 통해 특유의 냄새를 풍기게 만든 후에 먹는 반면, 간재미는 상온에 두어도 발효가 잘 일어나지 않고 상하기 때문에 대부분 생으로 먹는 것이 일품이다. 홍어는 그래서 홍탁이라 해 탁주(막걸리)와 죽이 잘 맞

는 반면, 간재미는 날생선을 회무침으로 해서 소주와 곁들이는 것이
제격이다.

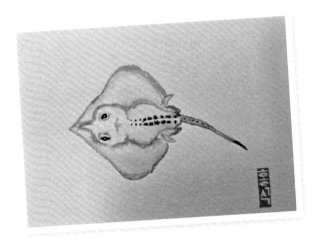

　사회인으로서의 첫발을 충남 대천항 근처에서 시작하였는데, 그때
처음 대면한 음식이 간재미회 무침이다. 그러니까 1991년에 처음 먹어
본 음식이다. 당시 하숙집에서 바지락을 넣은 김국과 간재미회 무침을
반찬으로 내놓으셨는데, 김국의 첫인상은 좋지 않았으나, 간재미회 무
침은 첫술을 뜨는 순간부터 홀딱 반하고 말았다. 새콤달콤한 것이 각
종 채소와 어우러지면서 뼈까지 오도독 씹히는 촉감이 환상적이었다.
'세상에 이런 음식도 있었구나!' 했다. 고향에서 잔칫날 귀하게 몇 점
얻어먹을 수 있었던 홍어 무침하고는 완전히 다른 맛이었다. 홍어의
딱 쏘는 향과 알싸한 맛하고는 또 다른 세계였으니까.
　지금도 이 두 물고기를 참으로 사랑한다. 간재미회는 날것으로 먹는

싱싱함이 장점이고, 삭힌 홍어(홍탁)는 암모니아의 그 특이한 향이 사람의 오장육부를 매혹한다. 특히 홍탁은 약간 중독성이 있어, 한 달에 한 번쯤은 꼭 먹어야 그달을 잘 산 것처럼 생각할 정도이니 말이다.

요사이도 집 근처 홍탁집을 단골집 삼아 주기적으로 왕래한다. 어느 때에는 단골집 가는 것마저 귀찮아 홍어 일부를 사서 집(아파트)에서 직접 삭히기도 했었다. 그런데, 집에서 삭힐 일은 아니다. 베란다 옹기 항아리에 짚을 깔고 두어 삭혔더니, 발효할 때 나는 암모니아 향이 집안 곳곳에 스며들었고, 심지어 위층 이웃에게까지 그 냄새가 들어가 원성을 산 일이 있었으니 말이다.

아들은 식성이 나를 닮지 않아 삭힌 홍어를 무척 싫어한다. 요즘 아이들처럼 아들도 중학교 1학년 때부터 컴퓨터 오락을 무척이나 즐겼다. 이를 못마땅하게 생각해 지청구를 많이 주었었다. 어느 날은 오락에 빠져 귀가를 늦게 하는 바람에 큰 걱정을 한 날이 있었다. 그날 반성문을 써오라고 벌을 주었더니, 다음과 같은 시 한 편을 써서 준 일이 있다. 그때의 이 반성문을 지금도 소중히 간직하고 있다. 중학교 1학년 학생의 머리에도 홍어를 이렇게 생각하는 것이 기특하기도 해서이다.

반성문

PC방 갈까 말까
저 멀리서 나를 부르는 게임

안 돼!, 안 돼!
아빠의 일그러진 얼굴
눈 깜짝할 사이에 사라지고
신나게 눌러대는 키보드

하지만 아빠가 눈총을 주며
마치 내 얼굴을 키보드처럼 눌러댄다.

그날 저녁 내 앞에 떨어진
A4 용지 한 장의 여백

내 마음은
삭힌 홍어를 먹은 듯한 느낌이랄까?

직장에서 가슴이 답답하거나 스트레스를 많이 받는 날엔 특히 홍탁 집을 찾는다. 삭힌 홍어도 그 정도가 상중하로 나눠지는데, 그런 날은 상급의 가장 센 것을 시킨다. 먹을 때 눈물이 쏙 빠지고 콧물이 질질 나오며 가슴이 펑 뚫리는 기분이기 때문이다. 그래서 중독성이 있다는 말이다. 인생사 자체가 스트레스의 연속인 걸, 이를 해소할 음식으로 삭힌 홍어는 다른 어느 것도 따라올 수 없는 최고의 성찬이다.

최근에 점점 삭힌 홍어를 먹는 횟수가 잦아지고 있다. 인생을 잘 못 사는 것이 아닌가 반성도 해본다. 나이가 한두 살씩 더 먹으면 사는 게 말랑말랑해질 거란 생각을 했었는데, 다 그릇된 착각이었다. 가면 서 강도는 더 세고 심각해 녹록지 않으니 말이다. 삭힌 홍어를 그만 먹 었으면 한다. 그냥 입에서 당겨서 약한 것으로 가끔 먹었으면 한다. 그 런데 자꾸 삭힌 홍어만 먹고 싶어진다. 내가 잘못인지, 직장이 잘못인 지, 사회가 잘못인지 모를 일이다.

천렵(川獵)의
추억

　　물고기를 잡으러 냇가로 나가는 것을 한자어로 '천렵(川獵)'이라 한다. 한글 전용을 고집하는 한글학자이지만, 이 행위만은 한자어 '천렵'을 쓰고 싶다. 어릴 때부터 들어 친근할 뿐만 아니라, 의미의 압축성이라는 한자의 속성이 아주 잘 표현된 어휘이기 때문이다. 한자어 천렵을 한글로 풀어쓴다면, '냇가에서 물고기 잡기'이다. 천렵이라는 두 음절보다 무려 일곱 음절이 더 많으니, 표현의 경제성 측면에서도 천렵이 수월하다.

　이러한 천렵은 예부터 우리 조상들이 즐겼던 민속 중의 하나였다. 조선 헌종 때 정학유가 지은 「농가월령가」 4월령에는 다음과 같은 구절이 나온다.

(원문)

앞 내에 물이 주니, 천렵(川獵)을 후여 보세.

해 길고 잔풍(潺風)하니, 오늘 놀이 잘 되겠다.

벽계수(碧溪水) 백사장(白沙場)을 굽이굽이 찾아가니,

수단화 늦은 꽃은 봄빛이 남았구나.

촉고(數罟)를 둘러치고 은린(銀鱗) 옥척(玉尺) 후려내어,

반석(盤石)에 노구 걸고 솟구쳐 끓여 내니,

팔진미(八珍味) 오후청(五侯鯖)을 이 맛과 바꿀소냐.

(풀이)

앞 시내에 물이 줄었으니, 물고기를 잡아 보세.

날이 길고 바람이 잔잔하니 오늘 놀이 잘 되겠다.

맑은 시냇물이 흐르는 백사장을 굽이굽이 찾아가니,

늦게 핀 수단화는 봄빛이 남아있구나.

그물을 둘러치고 은빛 비늘의 싱싱한 물고기를 잡아,

평평한 바위에 솥을 걸고 솟구쳐 끓여 내니,

여덟 가지 진미 나는 오후청(산해진미를 섞어 놓은 귀한 음식)이라도

이 맛과 바꿀 수 있겠느냐.

봄부터 가을까지 솥단지 걸어 놓고, 손과 발을 걷어붙인 후 첨벙대며 냇가를 휘젓던 조상들의 모습이 눈에 선하다. 이렇게 놀면서 먹던 음식의 맛을 중국 음식에서 최상으로 치는 '오후청'에 비길 정도로 표현했으니, 가히 최고의 평가이다.

조선 인조반정에 일등 공신이었던 최명길(崔鳴吉)은 그의 문집인『지천선생집』권1에서 천렵에 대한 시를 제시하기도 하였다.

　그물이 맑은 못에서 나오니

　저물 무렵 물가에서 나오는 웃음소리 날릴 때

　큰 구멍 뚫고 올라오니

　바야흐로 버들가지가 푸르른 계절이다.

　눈 떨어지듯 연기 날릴 때

　작은 소반 밀어두고

　빙빙 바람소리 날 듯 모여 앉아

　잡은 고기 먹는다.

　천렵은 역사적으로도 우리 조상들이 참으로 많이 즐겼던 삶의 형태였다. '천렵'(2016. 8. 10.자 동아일보)의 내용을 참고하면, 다산 정약용 선생이 『유천진암기』에 1791년(정조 21년) 여름, 고향인 천진암에서 그물로 물고기 50여 마리를 잡아 배불리 먹었다는 기록이 있다. 또『조선왕조실록』태종 7년(1407년) 2월 조에는 회안대군(이방간)이 전주에 있는 성 밑에서 천렵하는 것을 허락하였다는 내용도 있다.『고대일록』(정경운 작, 1595년)에는 천렵이 여러 번 등장하는데, 천렵을 '평생에 더 없이 좋을 일'로 손꼽기도 하였다.

　이러한 천렵은 어릴 적 돈 들이지 않고 더위를 피할 수 있는 방책이었으며, 소증(素症)을 해결할 수 있는 영양 섭취의 기회였다. 할머니께서도 평소 밥 한 공기를 드시기 어려우신 체질이었지만, 비린 것을 참좋아하셨다. 그래서 아버지와 함께 잡은 물고기 매운탕 같은 비린 것이 있으면, 밥 두 공기 이상은 뚝딱 비우셨다. 나 또한 그 체질을 유전적으로 승계한 탓인지, 비린 것이 있어야 밥을 잘 먹는 입 짧은 소년이었다. 물고기가 없으며, 새우젓이라도 있어야 밥알을 목젖으로 넘겼으니 말이다. 몸이 매우 아프거나 몸살이 나 입에 소태를 먹은 것처럼 입맛이 뚝 떨어졌을 때, 비린 것은 힘의 원천이오, 활력소이었다.

열 살 내외였던 것으로 기억한다. 불볕더위 한여름에 한 살 터울의 밑 동생과 아버지를 모시고, 동네 냇가로 투망질을 갔었다. 온통 냇가는 진파랑 조개 모양의 '닭의장풀' 꽃이 흐드러지게 피어나고, 성질 급한 고마리는 연보랏빛 꽃잎을 보란 듯이 피우던 무렵이었다.

아버지는 동네에서도 최고의 투망꾼이셨다. 납으로 줄줄이 아래에 묶여 있는 그물망을 왼쪽 팔 어깨에 둘러두고, 물고기가 다니는 길을 향해 힘껏

던지면, 마치 동그란 함박꽃이 꽃망울을 터뜨리듯 둥글고 활짝 퍼졌다. 그 꽃망울에 은빛 피라미와 금빛 참붕어들이 굴비 엮듯 곧이어 따라 나왔다. 모래톱에 그물을 훑어 내면 팔짝팔짝 뛰는 물고기들이 애절한 생명 구걸의 몸짓을 해댔다.

어느덧 고기 그릇에 거지반 포획된 물고기들로 수북이 쌓이고, 만족감이 취해 있을 때였다. 느닷없이 소나기가 내리퍼부었다. 이럴 때는 다리 밑으로 피신하는 것이 최선이다. 우리 삼부자는 쏜살같이 이동했다. 그리고 비가 지나가기를 기다렸다. 아버지께서는 재고 빠른 동작으로 주먹만 한 돌을 모아 냄비를 걸어 놓을 수 있는 불구덩이를 만드셨다. 곧이어 냇가의 깨끗한 물을 냄비에 담아 주위에 널린 잔가지와 불쏘시개를 모아 불을 지피셨다. 그러면 비를 맞아 으슬으슬했던 몸 기운에 따뜻한 기운이 흘러내렸다. 아버지는 잡은 물고기 중에서 실한 놈 몇 마리를 말끔히 손질하여 준비한 라면과 함께 민물고기 라면탕을 끓이셨다. 부글부글 거품이 올라오면서 한소끔 끓였다. 이렇게 해서 먹는 음식이 앞서 표현한 '오후청' 맛에 비길 바가 아니다. 따스하고 얼큰한 국물과 푹 퍼진 면발, 그리고 여기에 편승한 비린 맛. 어찌 환상적인 천상의 맛에 비하랴? 그날은 동생과 한 숟갈이라도 더 먹겠다고 우격다짐으로 싸웠던 기억이 난다. 그토록 남에게 빼앗기고 싶지 않은 맛이었다.

지금도 가끔 그때 이야기로 삼부자가 과거를 되새긴다. 먹을 것이 부족해 보양이 무엇보다 절실했던 그 당시. 형편이 어려웠지만, 아버지의 온화함과 봉사, 자식들의 생존 본능이 돋보이는 그 시절. 타임머신

이라는 기계가 있어 어느 때로 가고 싶은지 묻는다면, 주저 없이 나는
열 살쯤, 여름날 다리 밑의 추억 시간으로 가고 싶다고 말하리라.

임금에게
진상한 물고기들

인간에게 확인된 어종이 우리나라는 900여 종, 세계적으로는 30,000여 종이라 한다. 그럼 이 중에서 임금에게 진상한 물고기는 어떤 품종들이고, 또 얼마나 될까? 임금의 음식을 정리해 놓은 『원행을묘정리의궤(園行乙卯整理儀軌)』(1795)를 참고하면 낙지, 송어, 청어, 조기, 누치, 웅어, 준치, 오징어, 농어, 은어, 문어, 대구, 연어, 붕어, 게, 뱅어, 숭어, 종어, 잉어 등 약 20종이었다. 연체동물에는 낙지, 문어, 오징어가 올랐고, 갑각류는 게 하나뿐이며, 나머지는 모두 척추동물 어류들이다.

이들 중 특기할 만한 물고기 몇을 알아보자.

  종어(宗魚), 이름만으로도 임금이 먹을 만한 물고기이다. '宗'이라
는 한자를 사용했음은 우두머리며 최고임을 드러내기 때문이다. 그
러나 이 물고기는 현재 우리나라에서 멸종된 것으로 알려져 있다. 이
를 복원하기 위해 국립수산과학원에서도 2000년부터 중국에서 들여
온 종어를 길러 전국 강물에 치어를 방류했는데, 거의 20년이 다 지나
서 2017년 충남 부여군 세도면 금강에서 다시 잡혔다. 종어를 되살리
기 위해 땀을 뻘뻘 흘리고 있는 이분들의 노력이 헛되지 않기를 간절
히 바랄 뿐이다.

  종어는 과거 1970년대까지만 하여도 한강과 금강에서 잡혔으나
1982년 이후 자취를 감추었다고 한다. 육질이 연하고 가시와 비늘이
거의 없는 고급 어종이다. 지역에 따라서는 '여무기, 요메기'라 부르기
도 했다.

  은어(銀魚), 현대 문학계 거장들도 먹기 좋아한다는 물고기. 몸통에

서 은은하게 풍기는 수박 향이 일품인 은어는 '물고기의 귀족, 물속의 군자, 깨끗한 물의 귀공자' 등으로 칭송되기도 한다. 특히 임금께 진상하던 은어는 가슴지느러미에 황금빛 무늬를 지녔던 경북 영덕 오십천의 '황금 은어'였다고 하는데, 수박 향이 다른 지역의 것보다 탁월했기 때문이란다.

은어는 내장도 버리지 않고 통째로 먹어야 제맛이라고 한다. 그 모습이 아름다워 은광어(銀光魚), 수명이 1년이라서 연어(年魚)라고도 한다. 함경도에서는 도로묵어를 은어라고도 부른다. 서유구의 『전어지』(19세기)에는 주둥이의 턱뼈가 은처럼 하얗다고 하여 '은구어(銀口魚)'라고도 하였다. 조선 제14대 왕 선조의 피난길에 있었던 도루묵 일화[10]에서 나오는 은어와는 별종이다.

청어(靑魚). 이 물고기는 선비들을 살찌게 한다고 하여 '비유어(肥儒魚)'라고도 한다. 최세진의 『훈몽자회』(1527)에는 '비웃'으로 나온다. 맛보다는 그 고결함에서 임금께 진상했던 것으로 보인다.

대구(大口). 대구 중 진상품은 특히 '가덕 대구'를 최고로 쳤다. 대구는 열량이 적을 뿐만 아니라 고단백 음식 재료로, 탕으로 끓일 때 맛이 담백하고 개운한 것이 특징인데, 특히 가덕 대구는 육질이 단단하고 지방이 적어 다른 지역 대구에 비해 감칠맛이 뛰어나 진상품으로 사용했다고 한다. 큰 것은 일 미터 내외이며, 뱃속의 알인 '곤이'를 가

---

10 최근 도루묵 어원의 선조 기원설은 논리상 맞지 않는 것으로 역사학계에서 판명이 났다. 지하의 선조는 억울한 꼴을 당하고 있다. 국란에 몽진했던 임금에 대해 처참함이 느껴진다.

진 곤이 대구 또한 일품이다. 최근에는 캐나다를 비롯한 많은 나라에서 그 껍질의 콜라겐을 사용해 보양제의 역할도 톡톡히 하고 있다.

웅어(熊魚), 지방에 따라, 우어, 위어, 우여 등으로 불린다. 『자산어보』에는 "크기가 한 자 남짓으로 꼬리라 길고 빛깔이 희며 맛은 아주 달아 안주 회로는 상품이다."라고 하였다. 임금에게 술안주로는 최고였던 횟감이었다.

뱅어(白魚), 그 종류가 무려 일곱 가지인데, 뱅어, 국수뱅어, 붕통뱅어, 벚꽃뱅어, 도화뱅어, 젓뱅어, 실뱅어 등이 그것이다. 잡아 올리면 바로 백색으로 변해 붙여진 이름이다. 몸은 가늘고 길며 옆으로 납작하고 머리는 등배 쪽이 납작하고 아래턱이 튀어나왔다. 몸은 십 센티미터 내외로 몸빛이 은빛으로 약간 투명하고 특히 무기질이 풍부하여 칼슘, 인, 철이 많이 들어 있는 영양보충제로 그만이다. 최근에는 물회나 포로 만들어 많이 먹는다.

조기, 임금께서 드신 것은 조기 중에서도 굴비, 특히 영광 굴비이었다. 굴비에 대한 재밌는 일화가 있다. 고려 때 이자겸은 '이자겸의 난'이 실패로 돌아간 뒤, 영광으로 유배해 왔을 때, 조기 맛을 보고 그동안 권력에 매달렸던 자신이 허탈하게 느껴져, 임금에게 진상으로 올라가는 굴비에게 "더 이상 비굴하지 않겠다."라는 의미에서 굴비(屈非)라 했다는 여담이 있다. 그러나 이는 후대에 만든 이야기이다.

어원적으로 조기를 말리면 굽어지는 허리에서 유래해 '구비'였던 것이 'ㄹ'을 첨가하여 '굴비'가 된 것으로 알려져 있다. 영광 앞바다의 천일염으로 간을 한 후 갱수(소금물)가 빠질 때까지 기다리면, 육질이 고슬고슬하고 맛이 좋다고 한다. 크기에 따라 다르지만, 평균 네 시간가량 간하는 시간을 두며, 육 개월 이상 숙성해야 참맛을 느낄 수 있는 것이 영광 굴비라 한다.

 그러고 보니, 임금은 민물고기보다는 바닷물고기를 많이 드셨다. 민물고기로 진상한 물고기는 붕어, 잉어 등이 고작이니 말이다. 일반적으로 민물고기보다 바닷물고기를 더 좋은 횟감으로 친다. 민물고기는 흙냄새와 비린내가 더 심하고 식감이 부드럽지 못하기 때문이다. 그러나 민물고기 회나 탕이 나이가 들어가면서 입에 더 착 감기는 것은 무엇 때문일까? 입맛의 회귀 본능 때문인가 보다. 소싯적 먹었던 맛의 기억이 내 몸을 그곳으로 데려가는가 보다. 달착지근하고 부들부들한 바다 횟감보다는 좀 투박하고 비린내가 물씬 풍기는 민물고기가 하루가 지날수록 더 정겹고 그리워지는 요즈음이다.

민물고기 회와
디스토마

어릴 적 아버지와 천렵하러 다니면서 소증을 푼다는 핑계로 민물고기 회는 원 없이 먹어봤다. 붕어, 잉어, 쏘가리, 피라미 등을 말이다. 먹어보면 민물고기 회의 백미는 피라미이다. 붕어나 잉어는 육질이 단단하고 뼈가 거칠어 뼈째 먹는 회로는 귀찮고 성가셨다. 쏘가리는 잘 잡히지도 않아 맛보기가 어려웠을 뿐만 아니라, 잡아도 횟감보다는 탕 재료로 많이 썼다. 어쩌다 쏘가리회를 맛볼 영광의 기회를 잡게 되면 흐물흐물한 것이 입안을 온통 휘젓고 다니다 목젖으로 스르르 넘어갔다. 그래도 흔하고 뼈도 잘며 고소하고 달달한 것이, 입에까지 찰싹 붙는 피라미는 단연 최고였다. 먹기에 적당한 크기는 오륙 센티미터가량이 딱 맞았다.

아버지도 민물고기 회를 참 좋아하셨지만, 나와 남동생은 정말 좋아했다. 내륙에 살면서 비린 것이라 하면 기껏 새우젓이나 간고등어,

통조림 꽁치, 조기가 전부였다. 가끔 포장마차에서 먹었던 홍합이나 해삼이 바닷가 횟감의 전부였으니까. 천렵을 나가면 거의 반은 그 자리에서 횟감으로 먹었었다. 아버지께서는 두 아들이 먹는 것만 보아도 입가에 잔주름 가득하게 웃음을 지으면서 만족하셨다. 나보다 남동생은 거의 환장할 정도로 민물고기 회를 좋아했다. 나보다 적어도 한 배 반이나 두 배가량은 더 먹었으니 말이다.

1970년대 초등학교에서는 1년마다 주기적으로 기생충 검사를 했었다. 편지 봉투 삼 분의 일만 한 봉투에 각자의 변을 담아 학교에 제출하면 그 검사 결과를 일주일 후쯤에 발표하고 처방 약까지 주었던 적이 있었다. 그런 어느 날, 동생에게 기생충 '디스토마' 보유자라는 통보가 왔다. 당시만 해도 지금처럼 의약 상식이 없었을 뿐만 아니라 인터넷 같은 정보망이 전혀 없는 때였기에 디스토마 감염이 무슨 큰 병에 걸린 것으로 알았었다. 민물고기 회를 많이 먹어서 생긴 거라는 사실만 알았지, 통 어찌해야 할 줄을 몰랐었다. 회충이나 요충, 십이지장충 같은 일반 구충제는 학교에서 줬어도, 디스토마 처방 약은 약국이나 병원에 개인적으로 가서 받아야만 했었다. 디스토마에 감염되면 간이 커지고 황달이나 간경변 현상이 나타날 수 있으며 배에 물이 차고 소화도 잘 안 된다고 알려져 있었다.

동생과 어머니는 동네 가장 큰 약국에서 디스토마 약을 사 왔다. 알약 하나만 먹었던 것이 아니고, 며칠 동안 먹었던 것으로 기억한다. 당시에 거금의 약값을 치르고 결국 동생은 디스토마를 제거했지만, 이 일 이후 나와 동생은 민물고기 회를 다시는 먹지 않았다. 그리고 민물고기 회가 그렇게 무서운 것임을 그때부터 알았다.

최근에 알아보았더니, 붕어나 잉어에는 디스토마가 거의 발견되지 않고, 쏘가리, 꺽지, 피라미 등의 물고기에는 흔히 발견된다고 한다. 그때 붕어만 먹었더라면 하는 아쉬움이 있지만, 붕어는 확실히 맛이 덜했다. 찜이나 매운탕거리로는 제격이었지만.

몇 년 전 본의 아니게 직장 동료들과 빙어회를 먹으러 간 적이 있었다. 겨울철에 먹을 수 있는 별미인 빙어회를 맛보기 위해 유명한 어느 맛집을 찾은 것이다. 어릴 적 디스토마 트라우마 때문에 잠시 망설였다. 그러나 맛있게 먹는 동료들의 모습은 큰 심적 고통이 아닐 수 없었다. '에라, 모르겠다. 그냥 먹고 나중에 디스토마 검사하면 되지.' 하는 생각으로 작심하고 달려들어 빙어회를 먹었다. 캬아~. 한 이십 년 만에 먹어보는 민물회의 감촉. 어쩌면 그렇게 달고 맛있던지. 뼈 하나 없이 살살 녹았다는 표현이 정답일 것이다.

그러나 다 먹고 나서는 걱정이 앞섰다. 이거 디스토마 걸려 어떻게 되는 거 아닌가 하는 두려움 때문에. 다음날 병 조퇴를 내고 가까운 보건소를 찾아 디스토마 감염 검사를 했다. 한 이십여 분 걸렸던 것으로 기억한다. 결과는 다행스럽게 무반응으로 나와 깊은 안도의 한숨을 크게 내쉬었다.

지금은 민물고기를 탕으로 즐겨 먹지만, 참으로 좋은 회를 맛볼 기회가 생기면 과거의 입맛을 되살리기 위해 주저하지 않고 먹으련다. 디스토마 검사비가 얼마가 되든지, 검사 기간이 얼마나 걸리던지 과감하게 먹을 것이다. 어릴 적 냇가에 갓 잡은 피라미의 식감을 영원토록 뇌에서 떠나보낼 수 없기 때문이기도 하지만, 그 추억 속에 담긴 내 가족의 역사가 더 그리워서인지는 모르겠다.

한국의
인어(人魚)는?

애절한 비극
으로 덴마크의 동화 작가 안데르
센이 지은 대표작 『인어공주 이야
기』는 비록 왕자의 사랑을 얻지 못
했지만, 그토록 희망했던 불멸의
영혼이 되어 승천하니 그나마 안
타깝지만 다행인 이야기이다. 그런
데 이러한 슬픈 이야기를 간직한
인어는 서양에서만 이야기 소재로
삼지는 않았다. 전 세계적으로 인
어 모티프는 펴져 있는데, 우리나

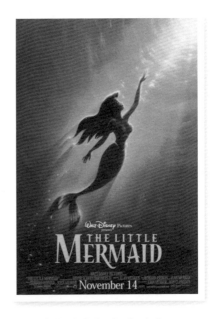

라도 예외는 아니어서 예로부터 내려오는 인어 전설이 몇 편 있다.

부산 해운대 앞에 있는 우리의 동백섬에는 용궁 사람들의 자손들로 이루어진 '나란다국'에서 온 인어공주 '황옥'이 바다를 헤엄치는 것을 보았다는 이야기가 예부터 전한다. 또한, 인천에서 서쪽으로 21km 떨어진 장봉도에는 지속된 흉어기 어느 날, 인어를 그물로 잡은 어부가 불쌍한 인어를 놓아주었더니, 다음날 그 보답으로 그물 가득하게 물고기를 잡을 수 있게 했다는 인어 이야기도 전한다.

　'낭간' 전설도 있는데, 어느 날 '이진수'라고 하는 어부가 바다에서 미인에게 이끌려 간 용궁에서 하루를 보내고 돌아올 때, 먹으면 불로장수한다는 고려 인삼을 닮은 토산(土産, 이것을 인삼이 아닌 인어라고 부름)을 받았다. 의심스러웠던 이진수는 그것을 그대로 두었으나 딸인 낭간이 그것을 먹어버린다. 그녀는 비길 데 없이 빼어나고 변하지 않는 미모를 얻었지만 수백 년을 주체하다 못해 300살을 넘어 산을 방황하다 행방불명이 되었다고 한다. 이처럼 우리나라에서 인어 이야기는 환상, 풍요, 영생의 상징으로 서민들의 마음속에 자리 잡고 있다.

　그런데 우리나라 어부들 세계에서 인어로 여겨지는 물고기가 있다. 바로 고래의 일종인 '상괭이'인데, 수족관에서 아주 가까이 본 경험이 있는 나로서는 그 이유를 대충 짐작할 수 있었다. 상괭이의 얼굴이 마치 인간의 웃는 모습과 아주 흡사하기 때문이다. 안개 끼어 사위가 뿌옇고 어두컴컴할 때 어렴풋이 상괭이를 보면, 사람으로 착각하기에 십상이다. 인간의 이목구비를 아주 많이 닮은 얼굴. 그렇게 빙그레 웃는 모습 때문에 '미소 천사'라는 별명까지 얻은 물고기이다. 정약전의 『자산어보』에도 상괭이를 인어로 보아 '모양이 사람을 닮아 두 개의 젖이 있다.'라고 기록되어 있다.

　최근 이 상괭이가 제주도 근역에서 사체로 종종 발견되어 안타까울 뿐이다. 원래 상괭이는 멸종위기 보호종으로 국제적인 보호를 받는 어종이다. 2019년 1월부터 3월까지 무려 스물아홉 구의 상괭이 사체가 발견되어 큰 걱정이다. 그나마 반가운 건 부산 도심과 가까운 이기대 앞바다에서 상괭이 10여 마리의 무리가 최근에 발견되어 다행이기도 하다.

　전 세계적으로 인어는 상반신이 나체인 경우가 대부분이다. 이는 나체를 자랑스럽게 생각한 그리스인의 세계관이 투영되어 내려온 것이 아닌가 한다. 고대 신화 중에 칼데아의 바다신 '에아' 또는 '오안네스'도 반나반어(半裸半魚)의 형태였다. 서양에서 유명한 인어로는 라인강을 건너는 배에 미성의 노래로서 어부들을 홀리게 하는 '로렐라이 마녀', 폭풍을 일으켜 아일랜드 사람들에게 무서움의 대상인 '메로우', 뱃사람을 아름다운 노랫소리로 유혹해 난파시킨다는 '세이렌' 등이 있다. 동양의 유명한 인어로는 고대 중국에서 인간의 조상으로 여겨진 '해인', 용모가 매우 아름답고 머리카락이 말꼬리 같으며 비늘에는 가는 털이 나 있다는 중국의 '해인어', 인어 고기를 먹고 오랫동안 아름다움을 유지했다는 일본의 '팔백비구니' 전설 등이 있다.

물풍선인
부레

물고기를 잡아 내장을 발라낼 때, 가장 신기하게 생겨 나오는 것이 '부레'이다. 기다란 막대 풍선의 중간쯤을 한 번 돌려 놓은 것처럼 생겨, 터뜨리면 '톡' 하는 소리가 요즘 아이들의 속칭 '뽁 뽁이 비닐'을 터뜨리는 것 같다고나 할까.

부레는 물고기한테는 인간의 허파와 같다고 한다. 비중을 조절하고 청각과 발음까지도 관여한다니, 그 역할이 자못 크다. 물고기 자체의 비중을 주변 물의 비중과 일치시켜 운동할 때 쉽게 하고, 간접적으로 귀와 연결되어 청각과 평형감각을 담당한단다. 또 부레 내부의 가스를 좁은 기도를 통해 식도로 내밀면서 소리를 낼 때도 쓴다는 것이다.

'부레'란 어휘가 15세기 문헌인 『구급간이방언해』(1489년)에도 같은 모습으로 등장함을 보면 우리 조상들도 그 존재에 대해 일찍 깨닫고 그 명칭을 부여했다. 당시에 모습이 지금까지 변화하지 않고 그대로 전하는 것도 특기할 만하다. 요즘에는 이 단어가 관용구로 "억지로 참고 보니, 속에서 부레가 들끓는다."처럼 몹시 화가 날 때도 쓰니, 그 영역도 넓어졌다.

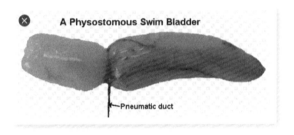

물고기 부레 중 민어의 부레는 접착제로도 요긴하게 쓰인다. 부레를 말렸다가 물에 넣어 끓인 '부레풀'은 접착력이 아교보다 많이 뛰어나 목공예품을 만들 때나 나전에 쇠뿔을 얇게 오려 덧붙이는 화각을 붙일 때 아주 좋다고 한다. 이른바 고급 접착제이다. 또 민어의 부레는 크기가 큰 것이 많아 단백질 성분의 그것을 가지고 중국을 비롯한 곳에서 고급 요리의 재료로 쓰인다니, 정말 쓸데없는 것이 없다.

그러면 부레 속의 가스는 어떤 성분일까? 이는 인간과 마찬가지로 이산화탄소가 대부분이란다. 이 가스를 들고 내면서 부력을 사용해 뜨고 가라앉는다는 것이다. 해전(海戰)에 요긴한 잠수함도 바로 부레의 원리를 이용해 만든 것이라 한다.

아버지께서는 물고기를 손질하시면서 부레는 꼭 우리 형제에게 던져 주셨다. 그러면 그게 그렇게 좋았다. 손바닥으로 톡톡 하늘 향해 치며 놀기도 했고, 실컷 가지고 놀다 지치면 엄지손가락으로 지그시 눌러 '툭' 하게 터뜨리는 맛이 아주 그만이었다. 그러면서 우리 형제는 낄낄대고 마냥 신났었다. 그때의 그 아버지가 지금은 무릎이 편찮으셔서 절름발이 신세이시다. 우리 형제에게 부레를 던지시며 빙그레 입가에 줄지으시던 그 아버님이 말이다. 지금 그때가 그리운 것은 무릇 부레 때문만은 아닐 것이다.

꽁치
간스메(통조림)

삼 남매 중 첫째가 나다. 무녀리라 그런지 어릴 때
부터 늘 병마를 옆에 끼고 살았다. 삼 남매 중 유독 그게 심했다. 한
두 살 터울인 두 동생은 그런 내가 어지간히 못마땅했을 것이다. 일 년
에 이백 일 정도는 병원 문을 닳도록 들락거렸고, 맛있고 보양이 될 수
있는 것은 모두 내 차지였다.

당시 우리집 보양제에는 간스메 삼총사가 있었다. '간스메'는 통조림
을 뜻하는 일본어로 '칸즈메'가 오히려 원어에 가까운 발음이란다. 국
어 운동 공헌자로 한글학회로부터 국어 운동 유공 표창을 받은 이가
일본어 간스메를 표면에 쓰다니…. 그러나 이 장에서는 어쩔 수 없다.
그 말속에 추억과 과거 그리고 역사가 배어 있기 때문이다. 그 간스메
삼총사는 바로 꽁치 간스메, 복숭아 간스메, 포도 간스메이다.

유독 힘살이 없고 야리야리한 게, 몸살을 자주 앓았던 나를 위해 아

버지께서는 간스메 삼총사를 언제나 사 오셨다. 그때는 이 삼총사를 복용만 하면 정말 씻은 듯이 나았다. 요즘의 포도당 링거 주사랑 비슷하다고 할까. 복숭아와 포도는 잃은 입맛으로 기력이 없는 몸에 포도당이라는 에너지원이었던 것 같다. 그리고 이 에너지원에 힘을 받아 밥숟갈을 들 때, 꽁치 간스메를 이용해 간단히 요리한 음식보다 맛있는 거는 없었다.

어머니는 흰 쌀죽을 쑤고, 반찬은 아버지께서 꽁치 간스메를 간단히 요리해 주셨다. 요리라야 지금 생각해보면 별거 아니었다. 묵은지 한 두 이파리를 냄비 바닥에 깔고 (이마저 없으면 안 깔아도 된다.), 꽁치 간스메 한 통을 들이부은 다음 소주 한 숟가락, 후추 톡톡 뿌려 묵은지가 익을 때까지 기다리다가 불을 끄기 바로 전에 어슷하게 썬 한 파 조금, 고춧가루 한 숟가락 던져놓으면 그만이다. 흰죽 한 숟가락에 뼈까지 살살 녹는 꽁치 한 조각을 얹혀 입안에 살포시 넣으면 없었던 입맛이 화끈거리

며 침이 막 돌았다. 그렇게 한두 끼 먹다 보면 다리에 힘이 붙고 차차 자리를 박차고 나왔다. 고등어 간스메도 있지만, 굳이 꽁치 간스메를 고집하셨던 이유는 한입에 그 굵기가 쏙 들어갈 정도였기 때문이다.

물고기 중에 꽁치, 고등어 말고 요즘은 참치 통조림이 대세이다. 그런데 지금도 꽁치 간스메보다 참치 통조림 맛이 썩 좋아 보이지는 않는다. 참치 통조림은 삭혀져서 흐물흐물 씹히는 뼈가 없어 싫다. 그런데 꽁치 간스메는 지금 먹어도 그 뼈 맛이 아직도 그대로이니 좋을 수밖에. 꽁치의 향을 온몸에 품은 묵은지 맛은 또 어떤가? 누구는 묵은지가 영양소는 전혀 없는 섬유질 덩어리일 뿐이라고 하지만, 그래도 어릴 적 추억과 부모님의 사랑을 고스란히 담겨 있는 그 꽁치 간스메 조림 맛이 최고다. 국어 운동 유공자인 나도 '꽁치 통조림'보다 '꽁치 간스메'를 고집해서 쓰는 이유는 그 말속에서 느끼는 사랑과 추억을 지금도 잊지 못하고 머물러 있기 때문이다.

도리뱅뱅이와
금강 유원지

충청북도 옥천군 동이면 금강 변에 가면 '도리뱅뱅이'라는 음식이 있다. 금강 상류에서 잡은 빙어나 십 센티미터 미만의 피라미를 프라이팬에 둥그렇게 올려놓고 아주 바싹하게 튀긴 후 그 위에 양념장(고추장에 잘게 썬 파, 다진 마늘, 후추, 설탕 등을 섞어 만듦)을 끼얹으며, 그 위에 덤으로 잘게 썬 마늘이나 깻잎 등을 올려 먹는 음식이다.

천렵을 아주 잘하셨던 아버지로부터 1970년대 후반에 처음 맛본 그 맛을 지금도 잊지 못한다. 그래서 작은 피라미를 얻을 기회가 있으면, 무조건 도리뱅뱅이를 해 먹으면서 자라 왔다. 뼈째 바싹 튀겨 먹기에도 좋은 이 음식은 고소함과 달콤한 식감이 압권이었다. 이 음식이 최근 모 개그우먼이 금강휴게소 도리뱅뱅이 음식점을 소개하면서 인구에 회자하고 있다.

　'도리뱅뱅이'의 어원에 대해서는 여러 설이 있는데, 금강이 휘돌아나가는 옥동천에서 잡아 요리해서 생긴 말이라는 설도 있고, 마지막에 접시에 뱅뱅 돌려 넣게 되면서 그렇게 불렀다는 설도 있으며, 이 음식을 팔던 음식점을 찾은 어느 손님이 '왜, 그거 주세요. 프라이팬에 동그랗게 돌려놓은 도리뱅뱅이 주시오.'라는 말에서 유래되었다는 설도 있다. 그러나 이러한 유래설이 모두 그 신빙성을 장담하지 못하겠다.

　어릴 적 금강휴게소는 수영장이고, 천렵 장이었으며, 간이 놀이시설을 갖춘 유명 관광명소였다. 해마다 여름이면 아버지는 가족들과 함께 여러 번 갔던 추억이 있다. 그때 그곳에 가면 영락없이 해 먹던 음식이 도리뱅뱅이다. 당시 제대로 된 과자나 주전부리 없던 시절, 도리뱅뱅이는 훌륭한 과자요, 주전부리였다. 지금은 술안주 중 별미로 치지만 그때는 그렇지 않았다. 이 음식이 이제는 충청북도를 넘어 전국으로 확산하고 있어 반갑다. 추억을 되새기고, 추억을 담아내며, 추억을 먹을

수 있어서 그렇다. 그런데, 금강휴게소 금강 변에서 먹던 그 맛이 도 경
계를 넘어서면서 조금씩 다르다. 그래서 원조와 아류는 다른가 보다.
지금 내가 사는 곳에서 도리뱅뱅이를 하는 곳을 가면 영 그 맛이 아니
다. 그래서 도리뱅뱅이를 웬만하면 직접 해 먹는다. 재료만 된다면 그
요리법을 알고 있기 때문이다. 간혹 친구들에게 이 맛을 선보일 때가
있다. 그러면 친구들이 그런다. '이거 맛이 기가 막히는데!'

먹을 복을
그냥 주지 않는 복어

큰맘 먹고 먹을 수 있는 물고기, 복어. 극소량의 섭취로도 즉사의 위험을 무릅쓰고 먹으면서 느끼는 쾌감. 청산가리의 열 배가 넘는 테트로도톡신이라는 맹독에는 해독제조차 없는 물고기. 그래서 전문가 아니면 감히 손질에 엄두를 두지 않는 위험천만의 대상. 그래서 먹을 복을 함부로 그냥 주지 않는 물고기.

복어도 그 독성의 강약에 따라 나눌 수 있는데, 황복, 자주복, 까치복, 검복은 독성이 강하고, 밀복, 가시복, 거북복은 독성이 약하다. 독이 강할수록 그 맛이 좋아 인기가 있는 묘한 매력이 있다.

복어를 즐겨 먹는 일본에서 나가사키 대학 '아라카와 오사무' 교수가 복어의 독에 관해 연구했단다. 독이 없는 복어는 가능한가를 실험했는데, 결국 성공했다. 그는 복어에게 독이 없는 무독성 물고기를 먹이로 수년간 주었더니, 독이 없는 복어가 탄생했다는 것. 결국, 복어가

독을 지니는 것은 불가사리나 갑각류, 납작 벌레 등 자체에 독이 있는 수중생물을 섭취하면서 복어 몸체에 축적된 것을 밝혔다. 그러고 보니, "콩 심은 데 콩 나고, 팥 심은 데 팥 난" 이치이다.

전 세계적으로 복어는 120여 종이 있다는데, 식용할 수 있는 어종은 참복, 황복, 자주복, 검복, 까치복, 은복, 복섬, 밀복, 졸복, 가시복, 거북복 등 불과 십여 종에 불과하단다.

복어의 독을 섭취하면 어떻게 될까? 입술 주위나 혀끝이 마비되고 손끝이 저리며 구토를 한 뒤 몸 전체가 경직되고 결국 호흡이 어려워지면서 사망하게 된다. 이러한 증상이 섭취 후 30분 이내에 시작되고 여덟 시간 안에 치사율이 자그마치 80%까지 이를 수 있다는 것이다.

세계적인 미식가들은 세계 4대 진미로, '복어', 철갑상어 알인 '캐비아', 떡갈나무 숲의 버섯인 '트러플', 거위 간 '푸아그라'를 친다. 우리가 흔히 복집에서 먹을 때, 탕은 황복, 밀복, 참복, 졸복, 까치복을 주로 하고, 그 중 참복을 최고로 치며 가격도 가장 비싸다.

직장 초년생 시절, 선배가 점심으로 복국을 사 준 적이 있다. 그러면서 반주를 같이했는데, 복국은 "꼭 점심때만 먹어라." 당부했다. 자칫 저녁때 먹다가 그냥 저세상으로 갈 수 있으니, 절대 저녁엔 먹지 말라고 했었다. 그러면서 "오늘 점심때 졸려도 자면 독 때문이라 죽을 수 있으니, 절대 자서는 안 된다."라고 했다. 그러더니 그날 점심 식사 후 직장에서 그 선배는 낮잠을 흐드러지게 잤었다. 이거 점심때 먹은 복국이 잘못되었나 해서 노심초사하다가 잠시 후 강제로 깨운 적이 있었다. 이 광경을 본 주위 선임 선배들이 속사정을 알고 낄낄대며 박장대소를 터트린 일이 있다. 복어는 최근 전문가의 손질로 독극물 중독 가능성이 거의 없다는데, 후배 하나를 두고 장난을 제대로 쳤다. 초년생 신고식을 톡톡히 했다. 나 또한 후임이 들어왔을 때 그대로 보복(?)했지만, 그때 그 시절이 그래도 선후배 관계 형성과 직장 분위기가 참 좋았던 추억이 있다. 다시 그때로 가고 싶지만, 지금은 그 누구도 엄두가 나질 않을 것이다.

서민의 최고 보양식, 추어탕

　　동북아시아 삼국인 한·중·일에서 공통으로 서민의 보양식으로는 최고가 '추어탕'이다. 우리나라에서는 서민만 먹지는 않고, 양반들도 추어탕을 먹긴 했으나, 드러내놓고 먹지는 않았다고 한다.

　　우리 농촌에서는 늦가을이 지나고 찬 바람이 솔솔 불어오면 논물이나 연못물을 빼주고 그 둘레에 도랑을 판 후 미꾸라지를 잡았다. 우리나라에서는 서울 지역, 전라도 남원, 강원도 원주의 추어탕이 특히 유명한데, 고려 때부터 먹었다고 기록에 전한다. 송나라 사신으로 고려에 다녀간 서긍의 『고려도경(高麗圖經)』에도 "고려에는 양과 돼지도 있지만, 왕족이나 귀족이 아니면 먹지 못하며, 가난한 백성들은 해산물을 많이 먹는데, 미꾸라지, 전복, 조개, 왕새우 등을 잘 먹는다."라고 전한다.

　　추어탕의 영양가는 고문헌에서 많이 언급했는데, 명나라 의서 『본초강목(本草綱目)』에는 "미꾸라지는 특히 발기되지 않을 때 끓여 먹으면 치료가 되며, 양기를 북돋는 식품"이라 했고, 조선 후기『오주연문장전산고(五洲衍文長箋散稿)』에는 추어탕을 '추두부탕(鰍豆腐湯)'이라 명명하여, "미꾸라지는 양기가 일어나지 않을 때 끓여 먹는다."라고 전한다. 중국의 소설『금병매(金瓶梅)』에서도 미꾸라지는 정력의 상징이었으며, 19세기 초 어류 사전인『난호어목지』에도 "미꾸라지는 기름지고 맛이 좋아 진흙을 토하게 만든 후 국을 끓인다."라고 기록되어 있다.

요즘의 연구에 의하면 미꾸라지는 뱀장어보다도 각종 영양소가 골고루 들어간 음식 재료란다. 지방 함량이 적고 양질의 단백질을 주성분으로 지녔으며 칼슘과 비타민 A, B1, B2, D가 다량으로 들어가 있는데, 칼슘의 함량은 뱀장어의 아홉 배가량이나 더 들어 있단다. 철분도 시금치보다 한 배 반 정도 더 들어가 있다니, 참으로 보양식의 음식 재료로는 적격인 것만은 틀림없다.

이러한 추어탕은 지역마다 끓이는 방식도 달랐는데, 서울식은 미꾸라지가 통째로 들어가면서 유부와 두부를 함께 넣기 때문에 씹는 맛이 좋다. 전라도 남원식은 미꾸라지를 곱게 갈아 진하고 구수하게 끓이는 것이 특징으로 텁텁하면서 부스러기가 없게 하며, 들깨가 첨가되고 열무나 시래기 향을 강조해 식감이 좋은 편이

다. 강원도 원주식은 국물에 고추장을 풀어 칼칼한 매운탕처럼 끓여 먹는 것이 다르다.

대체로 각 지역에서 탕으로 주로 먹지만, 찜, 튀김, 전 등 다양한 방식으로 요리해서 먹는다. 단백질과 칼슘이 많아 남성들에게만 좋은 것이 아니라, 여성의 피부 미용, 골다공증에도 탁월하다고 한다.

미꾸라지도 그 종류가 전 세계적으로는 이백 삼십여 종이라 하는데, 그중에서 한국에 서식하는 것은 열일곱 가지 종이란다. 추어탕은 이 가운데에서 미꾸리와 미꾸라지를 이용해서 주로 끓인다. 미꾸리는 미꾸라지에 비해 몸이 전체적으로 작고 둥그스름해 일명 '동글이'라고 부른다. 애초 추어탕은 이 미꾸리로 끓이는 것이었다고 전한다.

미꾸리는 꼬리지느러미에 점이 있고, 등과 배 부위의 색깔 차가 확연하다. 추어탕을 끓여도 물만 넣고 끓일 때, 미꾸리는 국물이 뽀얗고, 미꾸라지는 누르스름하다는 것이다. 미꾸리는 미꾸라지에 비해 고소한 맛이 더하며 단맛이 난다. 이러한 장점에도 불구하고 추어탕 재료로 미꾸라지가 흔히 통용되는 것은 공급이 잘되지 않기 때문이다.

집사람은 어려서부터 몸이 많이 약해 집안에서 보양식으로 추어탕을 많이 먹어 본 사람이다. 그래서인지 지금도 몸이 으슬으슬 춥고 몸살 기운이 있으면, 외식을 그리 즐기지 않는 사람이 추어탕을 먹으러 가자고 먼저 설레발을 친다. 한소끔 진하게 끓인 추어탕을 뜨끈하게 먹고 나서 그날 밤 땀을 푹 내고 자면, 다음날 아무렇지도 않게 쾌차하며 일어서는 모습을 종종 본다. 이걸 보면서 '추어탕이 보양식이 맞긴 하구나.' 하는 생각을 줄곧 했다. 먹고살 만한 사람들은 장어탕을 먹으러 간다고 하지만, 집사람은 장어탕의 반값 정도면 먹을 수 있는 추어탕 한 그릇이면 모두 해결되니 나로서는 나름 손해 보는 장사는 아니다. 그 덕에 나도 몸이 안 좋을 때면 추어탕을 찾는 식객이 되었다. 들깻가루 두 숟가락 넣고 부추를 한 줌 넣은 뒤, 질퍽한 국물 속에 밥 한 숟가락 말아 뚝딱 먹는 그 맛이란…. 집사람과 여생을 추어탕을 보신용으로 삼아 살아가야겠다. 그 꿈틀거림과 힘에서 원기와 체력을 회복하면서 말이다.

물고기
노래들

　　물고기를 소재로 한 노래라 하면 무엇이 생각나
는가? 수준 있는 분들은 슈베르트의 「숭어」를 먼저 생각할 것이다. 이
도 아니면 우리의 가곡 '명태'가 대뜸 입에 오르내릴 것이다. 그런데 의

외로 물고기와 연관된 노래가 꽤 있다. 대중가요 중에는 「물고기」(이루리), 「고등어」(노라조), 「어머니와 고등어」(김창완), 「외눈박이 물고기」(더 넛츠), 「가시물고기」(엠씨 더 맥스), 「작은 연못」(김민기) 등이 있고, 동요 중에도 오징어, 문어송 등이 있다.

우리의 가곡으로 양명문의 시에 곡을 붙인 「명태」를 한번 보자.

검푸른 바다, 바다 밑에서
줄지어 떼 지어 찬물을 호흡하고
길이나 대구리가 클 대로 컸을 때
내 사랑하는 짝들과
노상 꼬리 치며 춤추며 밀려다니다가
어떤 어진 어부의 그물에 걸리어
살기 좋다는 원산 구경이나 한 후
이집트의 왕처럼 미라가 됐을 때
어떤 외롭고 가난한 시인이
밤늦게 시를 쓰다가 쇠주를 마실 때 카~
그의 시가 되어도 좋다
그의 안주가 되어도 좋다
짝짝 찢어지어 내 몸은 없어질지라도
내 이름만 남아 있으리라, 허허허
명태, 허허허
명태라고, 음, 허허허허 쯔쯔쯔

이 세상에 남아 있으리라

이 작품은 한국전쟁 당시 피난지인 대구에서 만들어진 것으로, 1952년 부산에서 초연했을 때 관객들의 싸늘한 반응으로 웃음거리가 되기도 했던 노래이다. 그런데 이 노래를 가만히 보자. 해학적이면서 명태의 일생이 장렬하지 않은가? 당시 전쟁 막바지에서 살신성인하는 민초들의 생활상을 풍자적으로 우스꽝스럽게 표현했다.

다음은 이루리라는 가수의 「물고기」 가사를 좀 보자.

꼭 곁에 있어 줘, 끝없이 사랑해줘
숨이 차게 너에게 잠겨 가득히
꼭 나를 지켜줘, 끝없이 다가와 줘
숨이 차게 나를 꼭 안고 약속해줘
나를 담아줘. 파도치는 내 마음을 꼭 잡고서

너 없이 버텨왔던 차가운 밤, 너의 온기로 날 감싸줘
나를 숨 쉬게 해줘, 숨 막히는 찬 공기, 이 도시
멈추지 않는 소음 속에 헤엄치는 날 데려가 줘
날 자유롭게 해줘, 네 품속에 날 가득 안고
이 밤을, 파도를, 아픔을 다 건너갈 수 있도록
(너에게로 가) 다 삼켜야 했던
눈앞의 외로움은 숨이 차게 나에게 남아 가득히

날 지켜봐 주는 너를 만난다는 건

숨이 차게 나를 꼭 채워줘 가득히

조금, 조금 조금씩 너에게로 가

너는 밤하늘을 가득 담은 강처럼 날 담고서

너 없이 헤매왔던 끝없는 파도 속의 날 비춰줘

나를 숨 쉬게 해줘, 숨 막히는 찬 공기, 이 도시

멈추지 않는 소음 속에 헤엄치는 날 데려가 줘

날 자유롭게 해줘, 네 품속에 날 가득 안고

이 밤을, 파도를, 아픔을 다 건너갈 수 있도록

화자를 물고기에 의탁해 답답하고 흔들리는 자신을 도와주고 지켜
달라고 상대방에게 애절하게 호소하고 있다. 상대방이 강물이 되어 자
신을 품어 달라고 억지를 부리는 화자의 모습이 참 인상적이다.

흥이 많은 가수 노라조의 「고등어」의 가사는 또 어떨까?

참치, 꽁치, 갈치, 고등어

워우워 워우워워워워워 우 워우워 워우워워워워워 하

있어, 없어, 써써, 있어, 없어, 써써, 소라, 소라, 소라

앗싸, 앗싸, 앗싸, 앗 싸늘한 바람

아뜨 아뜨 아뜨 아 뜨거운 태양

거친 동해바다 달리고 달린다, 너에게 간다

아등 아등 아등 아 등푸른 생선,

아똥 아똥 아똥 아 동그란 눈알

그대만을 위한 DHA 나는 고등어여라

달려라 어기야 디여라 라차 어기야 디여라 라차

수평선 저 끝까지 높이 나는 새처럼

날치처럼 태평양을 누비는 참치처럼

푸른 꿈과 푸른 등, 푸른 하늘로 높이 날아올라 올라

새우등을 터트린 고래처럼 힘이라면 킹왕짱 물개처럼

굳은 심지 굳은 깡 굳은 의지로 바친 파도 헤쳐 헤쳐

워우워 워우워워워워워 우 워우워 워우워워워워워 하

있어 없어 써써 있어 없어 써써 소라 소라 소라

아야 아야 아야 아 야무진 몸매 아비우 아비우 아비우

아 Beautiful 생선 그대만을 위한 오메가3 나는 고등어여라

달려라 어기야 디여라 라차 어기야 디여라 라차

수평선 저 끝까지 높이 나는 새처럼

날치처럼 태평양을 누비는 참치처럼

푸른 꿈과 푸른 등, 푸른 하늘로 높이 날아올라 올라

새우등을 터트린 고래처럼 힘이라면 킹왕짱 물개처럼

굳은 심지 굳은 깡 굳은 의지로 바친 파도 헤쳐 헤쳐

워우워 워우워워워워워 우 워우워 워우워워워워워 하

있어 없어 써써 있어 없어 써써 소라 소라 소라

높이 나는 새처럼 날치처럼

태평양을 누비는 참치처럼

푸른 꿈과 푸른 등 푸른 하늘로 높이 날아올라 올라

수백 년을 기다린 지구처럼 수 만 년을 달려온 파도처럼

차가웠던 꿈들이 이루어질 거라고 믿어. 믿어 믿어 우하

동음어 반복과 단조로운 내용이다. 특히 '앗싸, 아등, 아뚱, 아야'처럼 감탄사와 뒤에 오는 어휘의 어두 음을 반복함이 재미있고, 후렴구로 '어기야 디여라 라차'를 사용하여 리듬감을 형성한 것도 특별하다. 고등어의 힘찬 기운과 굳셈을 오롯이 담아 역동적이고 도전적인 모습을 잘 그려내고 있다.

다음은 김창완의 「어머니와 고등어」이다.

한밤중에 목이 말라 냉장고를 열어보니

한 귀퉁이에 고등어가 소금에 절여져 있네

어머니 코 고는 소리 조그맣게 들리네

어머니는 고등어를 구워주려 하셨나 보다

소금에 절여 놓고 편안하게 주무시는구나

나는 내일 아침에는 고등어구일 먹을 수 있네

어머니는 고등어를 절여 놓고 주무시는구나

나는 내일 아침에는 고등어구일 먹을 수 있네

나는 참 바보다. 엄마만 봐도 봐도 좋은걸

한밤중에 목이 말라 냉장고를 열어보니

한 귀퉁이에 고등어가 소금에 절여져 있네

어머니 코 고는 소리 조그맣게 들리네

어머니는 고등어를 구워주려 하셨나 보다

소금에 절여 놓고 편안하게 주무시는구나

나는 내일 아침에는 고등어구일 먹을 수 있네

어머니는 고등어를 절여 놓고 주무시는구나

나는 내일 아침에는 고등어구일 먹을 수 있네

나는 참 바보다. 엄마만 봐도 봐도 좋은걸

한밤중에 목이 말라 냉장고를 열어보니

한 귀퉁이에 고등어가 소금에 절여져 있네

어머니 코 고는 소리 조그맣게 들리네

어머니는 고등어를 구워주려 하셨나 보다

소금에 절여 놓고 편안하게 주무시는구나

나는 내일 아침에는 고등어구일 먹을 수 있네

어머니는 고등어를 절여 놓고 주무시는구나

나는 내일 아침에는 고등어구일 먹을 수 있네

나는 참 바보다. 엄마만 봐도 봐도 좋은걸

한밤중 자리끼를 찾다가 무심코 냉장고 속 고등어를 보고, 조식 찬거리를 예상하며 어머니에 관한 생각을 서정적으로 잘 읊조리고 있다. 어머니의 내리사랑과 자식의 치사랑이 오묘하게 얽혀있는 모습이 참으로 정겹다.

다음은 '더 넛츠'의 「외눈박이 물고기」 가사를 보자.

내게 느껴지는 외로움이라는 것 괜찮겠죠
한 눈을 잃어버린 외눈박이 물고기 알고 있죠
이제야 깨달았죠. 잃어버린 나의 눈동자를
반 토막이 돼버린 나의 마음을 어떡하나요?
사랑해. 너를 사랑해. 잃어버린 너의 맘을 기억해
눈물 흐르네. 미안해. 너무 미안해
내가 부족한 게 너무 많았었구나
소중한 너인데 널 잊어줄게

사랑에 눈이 멀어 이대로 영원할 거라 생각했죠
내 곁을 떠나던 날. 차가운 너의 눈물을 기억해요
이제야 깨달았죠. 잃어버린 나의 눈동자를
반 토막이 돼버린 나의 마음을 어떡하나요?
사랑해, 너를 사랑해, 사랑해, 너를 사랑해
잃어버린 너의 마음 기억해
눈물 흐르네. 미안해. 너무 미안해
내가 부족한 게 너무 많았었구나
소중한 너인데
내 모든 게 무너져 내리겠지
보고 싶은 사람. 어떡하나요?

자신의 슬픈 처지를 한눈을 잃어버린 외눈박이 물고기에 빗대어 이별을 토로하였다. 어느 분의 '사랑하니까 헤어진다.'라는 고전적 문투가 되새겨지는 내용이다.

다음은 '엠씨 더 맥스'가 부른 「가시물고기」의 가사이다.

난 괜찮아, 기다리지 마
그만 잊어버리란 말이야
그래도 난 못 가
너무 늦었잖아
너는 왜 이런 날 몰라
기다려도 이젠 더 이상 널 곁에서
돌봐줄 수가 없는 나잖아
너를 버린 나잖아
가슴 아파서 죽을 만큼 보고 싶어서
너를 줄 것처럼 날 속였던
모진 하늘이 원망스러워
너를 잡지 못하고
널 버리지도 못하고
뒷걸음만 치는
내 못난 사랑을 용서해줘

하루도 난 못 가

후회하겠지만

다신 무너지겠지만

내 남은 삶 모두

눈물로 채워 산다 해도

네 몫까지 다 내가 흘릴게

언제나 너 웃어줘

가슴 아파서

죽을 만큼 보고 싶어서

너를 줄 것처럼 날 속였던

모진 하늘이 원망스러워

가슴 깊이 박혀서

숨 쉴 때마다 아픈데

다시 널 찾아낸 내 눈은

울어도 행복한걸

이런 사랑 이런 눈물

넌 몰랐으면 해

암컷 물고기를 유인해 산란하도록 하고, 이 산란이 마치면 수컷이 알둥지를 지키며 부화할 때까지 알을 보호하는 '가시고기'가 정식 명칭이다. 동해로 흘러가는 하천에 사는 것으로 알려져 있다. 가슴 아프게 상대를 잊지 못하고 있는 화자는 눈물지으며 남을 수밖에 없음을 표현한 가사이다. 그러나 가시 물고기라는 물고기 이름과는 특별한 연관이 있어 보이지는 않는다.

마지막으로 김민기의 「작은 연못」이다

깊은 산 오솔길 옆
자그마한 연못엔
지금은 더러운 물만 고이고
아무것도 살지 않지만
먼 옛날 이 연못엔
예쁜 붕어 두 마리
살고 있었다고 전해지지요

깊은 산 작은 연못
어느 맑은 여름날
연못 속에 붕어 두 마리
서로 싸워 한 마리는
물 위에 떠오르고
여린 살이 썩어들어 가
물도 따라 썩어들어 가
연못 속에선 아무것도
살 수 없게 되었죠
깊은 산 오솔길 옆
자그마한 연못엔
지금은 더러운 물만 고이고
아무것도 살지 않죠

푸르던 나뭇잎이

한잎 두잎 떨어져

연못 위에 작은 배 띄우다가

깊은 속에 가라앉으면

집 잃은 꽃사슴이

산속을 헤매다가

연못을 찾아와 물을 마시고

살며시 잠들게 되죠

해는 서산에 지고

저녁 산은 고요한데

산허리로 무당벌레 하나

휘익 지나간 후에

검은 물만 고인 채

한없는 세월 속을

말없이 몸짓으로 헤매다

수많은 계절을 맞죠

깊은 산 오솔길 옆

자그마한 연못엔

지금은 더러운 물만 고이고

아무것도 살지 않죠

지금은 더러운 물만 고이고

'깊은 산'부터 '살지 않죠.'가 수미상관을 이루며 반복하고 있다. 한 편의 슬픈 전설을 서사적으로 읊은 가사이다. 싸움으로 인해 황폐해진 연못이 가진 외로움과 황량함 그리고 무상함을 조용한 목소리로 표현하였다. 얼른 새로운 붕어 두 마리가 입수되어 과거의 풍요로운 연못이 되었으면 하는 간절함이 묻어 있다.

물고기 콜라겐

집 주위에 조그마한 동산이 있다. 해발 백여 미터가량의 귀엽고 깜찍한 산이다. 평일의 운동 부족을 해소하기 위해 주말 이틀은 어지간하면 이 동산을 오르내린다. 한 시간 정도 왕복을 하면 등짝에 땀이 촉촉하다. 집에서 샤워하고 나면 그렇게 개운할 수가 없다.

그러던 어느 날, 동산 초입에 있는 백팔십사 개의 계단을 오르다 발을 헛디뎌 넘어졌는데, 그때부터 왼쪽 무릎이 콕콕 쑤셨다. 하루 지나면 낫겠지 했다. 늘 건강 하나는 자신만만하던 차였으니까. 그런데 이게 다음날부터 심술이 잔뜩 났는지, 조금씩 붓기 시작했다. 집사람이 냉찜질해주면 순간 괜찮은 듯 소강상태이더니만, 다음날 일어나면 또 퉁퉁 부었다. 주저 없이 후배가 하는 정형외과를 찾았다. "선배님! 무릎 관절 사이에 물이 찼네요. 빼내면 그만이지만, 앞으로 등산은 당분간 자제하세요."

그 이후 친구들에게 무릎에 물 찬 이야기를 했더니, 친구들도 그 증세가 진작부터 왔단다. 그러면서 퇴행성관절염도 있다는 둥.

치료 후 며칠간 절뚝절뚝하는 내 모습이 영 맘에 들지 않은 아내는 주위 동료들과 만나 정보 교환 중에 소중한 정보를 얻어 좋은 보양제를 사 왔다고 자랑이다. 최근에 무릎 관절에 최고라고 난리가 난 물고기 콜라겐이란다. 그 이야기를 듣고 인터넷 포털에서 물고기 콜라겐 정보를 뒤져보았다. 그랬더니, 이게 장난이 아니다.

그동안 콜라겐 하면 돼지껍질, 닭발, 족발 등의 동물성 콜라겐만 유행했었다. 그런데 이 동물성 콜라겐은 피부과 전문의의 의견에 따르면, 흡수율이 고작 2%에 불과하단다. 설혹 흡수한다고 하여도 대부분 배출되거나 과잉 섭취 시 체내에 지방으로 축적된다는 것이다.

반면에 상어지느러미, 대구·명태·메기껍질 등에서 추출한 콜라겐은 머리카락 굵기의 만분의 일 크기로 흡수율이 84%에 달해, 관절 건강, 탈모 예방, 탄력 있는 피부에 효과적이라는 것이다.

건강 보조제도 늘 시대의 흐름처럼 유행이 있어 물고기 콜라겐은 그 냥 그런 거겠지 했다. 그러다 FFI 저널에 실린 일본의 연구 보고서를 보게 되었다. 저분자 물고기 콜라겐 펩타이드를 쥐에게 먹인 결과가 나왔는데, 콜라겐이 24시간 후에 피부, 뼈, 연골, 힘줄 등의 조직에 흡수되었다.

다시 한번 아내가 사다 준 물고기 콜라겐 포장지를 샅샅이 훑어본다. 캐나다 심해 청정 지역에서 잡은 대구 껍질에서 100% 추출했단다. 그래, 무릎에 좋고, 탈모에도 좋다니 먹긴 먹어야겠다. 그런데 3그램짜리 이 포장지에 몇 마리의 대구 껍질이 들어가 있을까? 한 마리, 아니 열 마리, 어쩌면 스무 마리? 내게 껍질까지 내어준 대구가 참 고맙고 미안하지만, 입 큰 대구가 큰 소리로 내게 뭐라고 할까 무섭다. '그래, 내 껍질로 당신 관절에 좋다고 해서 먹으니, 좋냐?'

물고기와 관련된
우리말

물고기 이름에 대해 순우리말은 얼마든지 있다. 그런데 물고기 생체 구조와 생태에 대해서도 순우리말이 몇 발견된다. 여기에서는 이에 대해 알아보고자 한다.

- **고기비늘**: 물고기의 몸을 덮고 있는 비늘

- **기름 지느러미**: 물고기 지느러미의 하나. 연골 없이 육질 상으로만 되어 있는 지느러미이다. 등지느러미와 꼬리지느러미의 사이에 있는 작은 돌기로 은어, 송어, 연어 따위에서 볼 수 있다.

- **꼬리자루**: 물고기 뒷지느러미의 맨 뒤쪽 지느러미살의 밑바닥과 꼬리지느러미 밑바닥 사이의 부분.

- **나라미**: 물고기의 가슴지느러미를 일상적으로 이르는 말

- **뒷지느러미**: 물고기 지느러미의 하나. =볼기지느러미. 항문과 꼬리지느러미 사이의 배 가운데를 지나는 선에 있는 지느러미로 물고기가 곧게 나아가는 것을 돕는다.

- **둥근 비늘**: 물고기 비늘의 하나. 모양이 둥글고 나이테가 있으며 붕어, 잉어 따위의 경골어류에 있다.

- **먹자리**: 물고기 따위가 먹이를 먹으려고 잡은 자리.

- **모이**: 물고기의 새끼.

- **물**: 물고기 따위의 싱싱한 정도.

- **발담**: 물고기를 잡는 장치. 물살을 가로막고 물길을 한 군데로만 터놓은 다음에 거기에 통발이나 살을 놓는다.

- **배래**: 물고기의 배 부분. =배래기.

- **부레**: 물고기의 배 속에 있는 공기주머니

- **아가미활**: 물고기의 아가미 안에 있는 작은 활 모양의 뼈. 아가미를 지탱하고 보호하는 구실을 한다.

- **이리**: 물고기 수컷의 배 속에 있는 흰 정액 덩어리

'나라미, 배래, 모이, 이리' 등의 소중한 우리말을 담고 있다. 일반인들의 일상어로는 보기 어려우나, 어업 관련 종사자들에게는 흔히 통용되는 용어들이다. 살려서 쓸 소중한 우리말이 더더욱 일반화되기를 간절히 기대해본다.

생선회를
먹는 나라들

우리나라는 언제부터 생선회를 먹기 시작했을까?
정확한 시기는 모르겠으나, 문헌상 생선회를 언급하는 자료들을 살펴
보았다.

이수광의 『지봉유설』(1614년)의 기록을 우선 보자.

"중국인은 회를 먹지 않는다. 말린 고기라 해도 반드시 익혀 먹고, 우리나라 사람들이 회를 먹는 것을 보고 웃는다."

이시진이 지은 자연과학서 『본초강목』(1596년)에도 다음과 같이 기록이 전한다.

魚膾 性溫味甘 主喉中氣結 心下酸水 和薑芥醋食之
(생선회는 성질이 따뜻하고 맛은 달다. 목구멍에 기가 맺힌 것과 명치에서 신물이 도는 것을 치료한다. 생강, 겨자, 식초를 쳐서 먹는다.)

이상으로 미루어보아, 최소한 조선 시대 후기부터는 회를 즐겨 먹지 않았나 한다.

그런데 날고기인 생선을 회로 먹는 나라[11]는 무릇 우리나라에만 한정되지는 않았다. 가까운 일본에서는 1399년에 처음으로 회에 대한 기록이 등장하며 다 아는 바처럼 우리의 활어회 방식이 아니라, 숙성한 후 먹는 선어회 방식을 선호한다. 중국도 춘추전국시대부터 회를 먹었다는 기록이 전한다고 한다. 심지어 『삼국지』에 등장하는 '진등'은 회를 너무 즐겨 먹다가 기생충이 생겨 그 원인으로 죽었다는 기록이 있을 정도이며, 공자도 회를 즐겨 먹었다고 알려져 있다.

11 나무위키 사전의 '회' 부분의 내용을 참고하였다.

러시아의 사하 공화국에서도 '스트로가니나(строганина)'라는 날생선 요리를 먹는다. 사하 공화국은 남극을 제외하면 지구 상에서 가장 추운 지역인 만큼 겨울에 강에서 물고기를 잡아서 물 밖으로 꺼내면 얼마 지나지 않아 그대로 냉동된 물고기가 되어버린다. 이 얼어버린 날생선을 얇게 저미고 거기에 소금과 후추를 뿌려 먹는 요리가 바로 '스트로가니나'이란다. 야쿠츠크의 특산품인 동시에야말로-네네츠 자치구에서도 즐겨 먹는 요리라 한다.

하와이의 전통 음식인 'Poke(포키)'도 참치회 요리이다. 싱싱한 참치를 작게 썰어서 각종 조미료에 버무려서 맛을 내는데, 점점 미국 전역으로 퍼져 가는 중이란다.

페루에서는 물회 같은 모습의 샐러드인 '세비체'를 먹는다고 한다. 생선회와 여러 야채, 옥수수와 해초, 그리고 베이스 국물로 레몬즙과 크림을 섞은 새콤하고 고소한 소스를 뿌려 먹는 요리라고 한다.

그밖에 신선한 채소를 먹지 못해 비타민 부족에 시달리기 쉬운 경우에도 날고기를 먹어 보충하는 사례도 있다. 알래스카주, 그린란드, 캐나다 북부 쪽에 사는 원주민인 이누이트인들이 될 수 있으면 익히지 않고 먹는 것도 추운 기후 탓에 불을 피워 굽지 않아도 기생충 감염의 위험이 적은 것도 있지만 비타민 보충의 의미 또한 크다고 한다. 뱃사람들을 괴롭히던 괴혈병의 치료법 중 하나로 날고기가 쓰인 적도 있다.

결국, 동아시아와 중남미 몇 나라를 제외하면 부패가 염려되는 곳보다는 한랭하거나 연교차가 적은 해양성 기후에서 발달하는 문화가 생선회라 할 수 있다. 생선회를 먹을 수 있다는 것은 그렇지 못하는 나라의 국민보다 미각 한 가지를 더 즐기는 호사를 누리는 양이니, 절대 좋지 않은 일은 아니다. 그러나 자연 속에서 함께 어울려 살아야 할 존재를 해코지하면서 즐기는 혀의 향연은 또 한 번 생각해볼 만한 일이다.

먹장어, 곰장어, 붕장어,
갯장어, 뱀장어

        정약전의 『자산어보』에는 네 가지의 장어를 소개했다. 비늘이 없는 종류(無鱗魚)라 하여 장어, 붕장어, 갯장어, 빨갱이가 수록되었다. 바다뱀을 해만려(海鰻鱺)라 하여 '장어'라 지칭했고, 빨갱이는 해세려(海細鱺)라 하여 '대장어'라 칭했다. 여기서 주목할 것은 나머지 두 장어에 대한 설명이다.

  '海大鱺 俗名 彌長魚(해다려, 속명 붕장어)'라 수록하고 눈은 크고 배 속이 먹색으로 맛이 더욱 좋다며 '붕장어'를 기술했다. 또한, 갯장어는 '犬牙鱺 俗名 介長魚(견아려 속명 개장어)'라 해 입은 돼지같이 길고, 이는 개와 같아서 고르지 못하다고 기술했다. 갯장어의 '갯'이 갯벌에서 온 말이 아니라, 개(犬)라는 음가자(音假字)를 사용해 명명했음을 알 수 있다.

그럼 문헌에 수록된 두 종 이외에도 주변에서 흔히 부르는 먹장어, 곰장어, 붕장어, 아나고, 뱀장어, 갯장어, 하모는 무엇이 다를까? 우선 사전부터 떠들어 보자.

- **먹장어**: 꾀장어과의 바닷물고기. 얕은 바다에 사는데, 뱀장어와 비슷함. 몸길이는 50cm 내외로, 엷은 자줏빛을 띤 갈색임.
- **곰장어**: ① 꾀장어과의 바닷물고기인 '먹장어'의 딴 이름. ② '갯장어'의 잘못
- **붕장어**: 먹붕장어과의 바닷물고기. 몸의 길이는 90cm가량으로 넓적하고, 뱀장어와 비슷하나 주둥이가 크며 이가 날카로움. 등은 회갈색. 해만(海鰻).
- **아나고(일 あなご〔穴子〕)**: 붕장어.
- **뱀장어**: 참장어과의 민물고기. 몸길이 60cm 정도로 가늘고 길쭉하여

뱀과 비슷함. 잔비늘이 피부에 묻혀 있어 보이지 않고 배지느러미가 없으며 눈이 작음. 등은 암갈색, 배는 은백색임. 민물에서 살다가 바다로 나가 산란함.

- **갯장어:** 갯장어과의 바닷물고기. 뱀장어처럼 몸이 길어 2m쯤 되는 것도 있으며, 등은 회갈색, 배는 은백색임. 해만(海鰻)
- **하모: (일 ハモ):** 갯장어의 일본어명.

결국, 먹장어와 곰장어, 붕장어와 아나고, 갯장어와 하모는 같은 장어이다. 물론 '꼼장어'는 사투리다. 그런데 곰장어보다 꼼장어가 더 맛있어 보이기는 하다. 마치 자장면보다 짜장면이 더 맛있는 것처럼. 짜장면은 자장면과 복수 표준어로 인정받아 당당히 쓸 수 있지만, 곰장어와 꼼장어는 복수 표준어로 아직 인정받지 못했다. 꼼장어가 복수 표준어로 인정받는 그 날까지. 지화자! 그럼 갯장어와 붕장어의 차이는 무엇일까? 갯장어는 붕장어와 달리 주둥이가 길게 뻗었고 송곳니가 날카롭다는 차이점이 있단다.

장어 꼬리가 정력에 과연 좋을까?[12] 그 답을 어렴풋이 추측하였겠지만, 속설에 불과하다. 장어가 보양 음식 재료임은 틀림없다. 비타민 B2와 타우린 성분이 피로 해소에 도움을 주고 레티놀 성분이 피부 노화를 방지하며 항산화 효과까지 있다고 알려졌다. 장어의 꼬리와 다른 부위와 성분을 분석해 보아도 오히려 몸통 같은 다른 부위가 좋은 영

12　데일리안, 〈"장어, 꼬리가 더 좋다." 男 정력에 관한 속설 사실은…〉, 이정희 기자(2023. 12. 08.)의 내용을 참조함.

양소가 확인되었다고 하니, 참 재밌다. 그저 꼬리의 강장 성분은 그 함량 때문이 아니고 꼬리의 역동성 때문이란다.

오래간만에 보신하겠다고 뱀장어 집에 들렀다. 풍천장어로 이름난 곳이다. 1kg에 사만 원에 가까운 가격이다. 올여름을 날렵하게 나기 위해 눈 질끈 감고 주문했다. 1kg에 두 마리. 생강을 곁들이고 소스를 발라 한입에 쏙 넣었다. 고소한 기름기가 입안을 정신없이 흔들어 놓았다. 식감은 담백하며 사부작거린다. 맛은 좋다만 부담은 간다. 그래서 예전에 양반은 장어를 먹고, 서민은 미꾸라지를 먹었다고 하지 않던가. 장어를 먹으며 걸쩍지근하게 경제적 부담을 느끼는 나는 양반인가 아니면 서민인가?

국민 회,
광어 이야기

회 하면 단연 우리나라 대표 주자는 광어회이다.
우리나라에서 1980년대 말 광어 양식 기술이 성공을 거두며 완도와
제주도를 중심으로 전국 방방곡곡에서 키우면서 국민의 대표적 횟감
으로 자리 잡는 건 시간문제였으리라. 감칠맛과 향이 강한 흰 살 생
선으로. 한 마리를 잡아 회가 나오는 양도 대광어는 50%, 소광어는
40%이며 이는 우럭 25%, 참돔 35%에 비하면 살수율이 상당히 높은
횟감이다. 우리의 광어 양식 기술은 세계 최고 수준이란다. 물론 우럭
과 쌍벽을 이루며 라이벌 관계이지만 둘의 자리매김은 명확한 편이다.
회는 광어, 탕은 우럭. 회는 광어가 식감과 향이 훨씬 낫고, 탕은 광어
가 국물맛이 고소하지만, 우럭은 달아 더 인기가 높다.

'좌광우도'란 말이 있다. 물고기를 정면에 보아 눈이 왼쪽에 쏠렸으면

광어, 오른쪽에 쏠렸으면 도다리란 말이다. 엇비슷한 둘의 구별을 한 방에 해당해주는 명언이 아닐까? 광어는 자연산과 양식으로 나눌 수 있다. 자연산은 먹이를 찾아 늘 헤매기에 배에 얼룩이 생길 겨를이 없다. 그래서 배 색깔이 희다. 반면 양식은 가두어진 수조 안에서 가만히 있기에 흑화 현상으로 인해 배 색깔이 황갈색이다. 식감 면에서 자연산이 쫀득함에서 질길 정도이지만 먹이가 불규칙하고 영양 상태가 고르지 않을 뿐만 아니라 기생충, 중금속, 방사능 축적 면에서 위험성이 크다고 한다.

광어 회의 백미는 지느러미살이다. 일본에서도 '엔가와'라 해서 특별 대우를 받는다. 지느러미살도 양식이 더 기름지다고 한다. 식감이 꼬들꼬들하고 지방 함량이 높기 때문이다.

갑자기 김광규 시인이 2003년도에 쓴 「도미 한 마리」란 시가 생각난다. 여기 그 시를 소개한다.

생선 코너 수족관 바닥

집게발 묶인 바닷가재와 전복 옆에

광어와 도다리와 범가자미

그리고 다금바리 두 마리가 엎드려 있다

상어 새끼 한 마리와 농어 두 마리

그리고 검은 줄도미가 서로 몸을 피해

쉴 새 없이 오락가락하는 뿌연 물속에서

눈빛 잃은 도미 한 마리

자꾸 옆으로 쓰러지는 몸을 세우려고

지느러미와 꼬리를 허우적거린다

산 채로 죽어가는 도미 한 마리

펄펄 뛰는 생선으로 일찌감치

횟감이 되었더라면

더 슬펐을까

해 질 녘 물고기는 왜 튀는가

펴 낸 날 2024년 9월 6일

지 은 이 김홍석
펴 낸 이 이기성
기획편집 윤가영, 이지희, 서해주
표지디자인 윤가영
책임마케팅 강보현, 김성욱
펴 낸 곳 도서출판 생각나눔
출판등록 제 2018-000288호
주   소 경기도 고양시 덕양구 청초로 66, 덕은리버워크 B동 1708, 1709호
전   화 02-325-5100
팩   스 02-325-5101
홈페이지 www.생각나눔.kr
이 메 일 bookmain@think-book.com

- 책값은 표지 뒷면에 표기되어 있습니다.
  ISBN   979-11-7048-748-7(03810)